ソルジャー&スパイ

公安機動捜査隊〈特別作業班〉

鷹樹烏介

PHP
文芸文庫

○本表紙デザイン＋ロゴ＝川上成夫

ソルジャー＆スパイ 公安機動捜査隊〈特別作業班〉 目次

プロローグ 6
第一章 14
第二章 37
第三章 61
第四章 85
第五章 107
第六章 130

第七章 153
第八章 182
第九章 205
第十章 229
第十一章 252
エピローグ 279

プロローグ

――中東　某所――

完全武装の兵士が四名、夜間パトロールに出ていた。腕章から『第75レンジャー連隊』の兵士であることがわかる。

即応性が高い部隊で、駐屯地のあるジョージア州フォートベニングから十八時間以内にどんな現場にも到達できるといわれている。

通常戦闘任務のほか、特殊作戦のバックアップを担当する訓練を受けている精鋭で、特殊部隊『グリーンベレー』や『デルタフォース』は当該連隊出身者が多い。

この四人は二十四時間前に現地に到着し、数時間の休息を得たのち、夜間警戒任務を命じられていた。

イスラム原理主義者のテロ組織と協力関係にある有力部族長との休戦合意について、アメリカ政府高官が極秘裏に現地に来ており、その護衛だった。

アメリカ陣営に有力部族長を取り込むことができれば、テロ組織の兵站（へいたん）を寸断し、構成メンバーを確定できるという、重要な会合なのだった。

「ここ、グリーンゾーン（安全地帯）だよな？　警戒必要か？」

愚痴をこぼしたのは、四人の中で最年少のアラン二等兵だった。ＰＶ１からＰＶ２に昇格し、階級章がついたばかりである。

「わざわざ俺らを引っ張り出すんだ。お偉いさんは何か摑（つか）んでいるんだろうよ」

長身痩軀（そうく）のブランドック一等兵が宥（なだ）めるようにアランに答えた。

「第一ストライカー旅団の第三歩兵連隊第二大隊は長くここに駐屯している。テロリストに抱き込まれた奴がいるかもしれんって思ってるんだろうぜ」

チャド一等兵が言う。ハワイ出身の彼は陰謀論が大好きだった。

「うるせぇぞ、お前ら。俺たちは見回って、怪しい奴がいたら捕まえて、無事にアメリカに帰る。それだけだ」

ピシャリと無駄口を窘（たしな）めたのはディクスン伍長である。歴戦の兵（つわもの）といった面構（つらがま）えの彼が、この小さな分隊の隊長だった。

「お？　お？　お？」

素（す）っ頓狂（とんきょう）な声を出したのは、アラン二等兵である。

「今度はなんだ？」

隊員の集中力が途切れたのを感じたディクスン伍長が、身振りで小休止を命じながらアラン二等兵に問う。

「ポスターっすよ！　ほら『夜の魔女』知りませんか？　伍長」

度重なる爆撃でほぼ廃墟と化している瓦礫(がれき)の街並みに、場違いなピンク色のポスターが貼ってあった。そこには五人の若い娘が楽器と一緒に各々(おのおの)ポーズをとっており『夜の魔女』と書いてあった。

「知らん。なんだそりゃ？」

ポケットからタバコを取り出して、口に咥(くわ)えながら伍長が答えた。タバコの銘柄は『ラッキーストライク』だった。

「世界中でライブしているガールズバンドですよ。『夜の魔女』がモチーフなんですって」第二次世界大戦の折、ソ連に実在した女性だけで編成された夜間爆撃隊『夜の魔女』がモチーフなんですって」

ジッポーライターでディクスン伍長のタバコに火をつけながらチャド一等兵が彼の疑問に答える。

「全く知らん」

「戦場に慰問に来ることが多いので、各国の若い兵士に人気なんです」

ポスターが破れないように慎重に壁から剝(は)ぎ取るアラン二等兵を指さして、ブランドック一等兵が苦笑を浮かべた。

「こんな可愛い顔して、すげぇロックなサウンドなんすよ！　ああ、昨日でコンサート終わりか！　惜しい！　聴きたかった！」

　大事にポスターを巻いて背中の雑嚢（ざつのう）に差しながらアランがうっとりした顔で鼻歌を歌う。

「俺はロックは『グランド・ファンク・レイルロード』しか認めねぇ」

　そんなディクスン伍長の言葉に全員が同時に突っ込む。

「古いって」

「何言ってんだ馬鹿野郎、『ハートブレイカー』なんか名曲だぜ」

　ムッとしながらディクスン伍長がタバコを投げ捨て、軍靴（ぐんか）で踏みにじっていると、ブランドック一等兵がさっと拳を突き上げた。注意せよのハンドサインである。

　全員が素早くM4カービンを肩付けする。規定通りに互いに自分の背後を庇（かば）いながら、四方に銃口を向けた。

「わーお！　カッコいい兵隊さん！」

　撃たれないように両手を上げて瓦礫の陰から現れたのは、五人の若い女性たちだった。旧・ソ連軍の古い軍服を着ているが、ウエスト部分をカットオフしたタンクトップを合わせるなど現代風にアレンジしている。

「うそだろ？　『夜の魔女』じゃん！　昨日の夜ここを離れたはず！　会えてすご

くラッキーだよ！」

　彼女らの大ファンであるアランが歓声をあげる。

「ハーイ、坊やたち」

　バンドのリーダーでボーカルを務めるタチアナ・マカロワが手を振って愛想を振りまく。

　分隊はディクスン伍長以外、銃口を下に向けた。

「何かおかしい。こいつらを拘束する」

　Ｍ４カービンの銃床に頰付けしたままディクスン伍長が命令を下す。残り三人は困惑して互いに顔を見合わせた。

「ディクスン伍長、彼女らは『夜の魔女』ですよ？」

　Ｍ４カービンの射線から『夜の魔女』を守るように回り込んで、アラン二等兵が抗議する。

「受けた命令は、パトロール区域内にいる者を拘束、または排除だ。どけ！　アラン」

「ちょ……ちょっと待ってください……」

　反論しようとしたアランが口をつぐんだのは、大きな爆発音と爆炎が後方で上がったからだった。

「あれは、会談場所がある民家の方向だぞ」

ディクスン伍長の顔が強張り、笑みを浮かべている『夜の魔女』をポイントした。

「どけ！　アラン！」

「ええぇ！　マジっすか……」

ブランドックとチャドもM4カービンを構える。

「これが、女だけでチームを作った理由ね」

愛想笑いを引っ込め、タチアナ・マカロワがそんなことを言う。

「特定の外国人以外は、女に暴力をふるう際に、ほんの僅(わず)か躊躇(ためら)う」

ギター担当のヴェーラ・ベリクが鼻で笑いながら続けた。

「そして、それが致命的なタイムラグになる」

一斉に『夜の魔女』が腰裏のヒップホルスターからベレッタM9を抜き発砲した。

抜いて、構えて、撃つまでが、素早くて正確だった。

放たれた9ミリパラベラム弾は、防弾チョッキに守られていないディクスン伍長らの顔面と喉に吸い込まれていった。

生きて立っているのは、彼女らに背を向けて両手を広げて庇っていたアラン二等兵だけだった。

「守ってくれてありがとう。そしてさようなら」

タチアナが呆然と立っているアランの首に銃口を押し付け撃つ。アランは頸動脈を引き千切られて棒のように倒れた。

大柄でプラチナブロンドの派手な美少女であるタチアナの表情は変わらない。淡いブルーの瞳はまるで氷のようだった。

ギター担当で、大きくウェーブした栗色の髪を振り乱して尖った演奏をするのが人気の娘ヴェーラが微かに息があるチャド一等兵の胸を踏んで固定し、パンパンと顔面を撃った。銃弾がチャドの脳をシェイクする。

ドラムス担当のポリーナ・ゲルマンが靴先で蹴って四人の生死を確認しながら、

「ここ、誰もいないはずだったよね。パーパのリサーチ甘すぎ」

と文句を言う。彼女はタタール人の親戚がおり、自身もタタール人の血が流れているので、ショートボブの黒髪も相まってアジア人に見えた。

「歳だからねぇ」

ケラケラと笑ったのはメンバー最年少でキーボードとコーラスを担当するナターリア・メクリンだった。癖のない金髪をポニーテールにしていることが多い。

「早く帰りたいんですけど」

ポツンと呟いたのは、ベーシストのルフィーナ・ガシェワだ。自分のラッキーカラーということで、ダークブルーに髪を染めている。普段は口数は極端に少ない。

「よし、帰ろう。坊やたちに『ベル』を手向けようね」

タチアナがポケットから小さな金色のベルを取り出して、死後の痙攣をしているアラン二等兵の胸の上にそれを置く。

「爆弾にベル仕込んだっけ」

ホルスターにM9を収めながらヴェーラが問う。

「仕込んだよ。あたしたちのサインだからね」

やはり楽しそうにケラケラ笑いながら、ナターリアが答える。

世界中で要人暗殺事件を起こすテロリスト『ベル』。

犯行現場に小さな金色のベルを残すことから、そう呼ばれている。

彼女らがその『ベル』であることを、誰も知らない。

第一章

日焼けしたがっしりとした体つきの男が、成田空港の税関を通過した。スーツ姿で髭を蓄えている。荷物は機内に持ち込めるサイズのアタッシェケースのみ。その中身は着替えのワイシャツと下着と中原中也の詩集『在りし日の歌』が入っているだけだった。

渡航歴に問題はない。商用でドバイに滞在していたと申請している。男は、通路の端に寄って、壁に寄りかかりながらスマホの電源を入れてタップした。

『萩生か？　〈出張〉ご苦労だった』

スマホから聞こえた声は、キビキビとした印象の初老の男性のものだった。

「空港に降りたら、醤油の匂いがしました。日本に帰ってきたなぁと思います」

萩生と呼ばれた髭の男は犬のようにクンクンと空気を吸って、そう答えた。

『怪我はもう大丈夫なのか？』

全く心配していない口調で、初老の男が問う。萩生はスーツのポケットから棒付きのキャンディを取り出し、片手で器用に包装紙を剥がして口に咥えた。

「はい、回復しました。俺のタフさは知っていますよね」

　初老の男が短く笑う。

『〈アンデッド〉の仇名は伊達じゃないか』

「その仇名、好きじゃないんです」

　どんな危険な場所に〈出張〉しても、必ず生還することから、萩生にはそんな仇名がついていた。怪我の回復の速度もかなり早い。髪も髭も伸びるのが早いので、代謝がいいのかもしれない。

『早速だが、練馬に来てくれ。新しい任務があるんだが、本当に大丈夫か？』

「相変わらず人使いが荒いですね。でも、大丈夫ですよ」

　初老の男にそう答えながら、萩生は吐き気と戦っていた。キャンディなんか舐めるんじゃなかった……と、後悔する。

『カウンセリングを受けるという選択肢もある』

「冗談でしょ」

　吐き捨てるような萩生の言葉に、初老の男からため息がもれた。

『そうか。ならいい。一七〇〇までに出頭してくれ。そうだな、まだ時間があるから銭湯にでも寄ってくるといい』

「いいすね。そうします」

萩生のポケットには、キャンディが一杯あった。紛争地帯に出向くことが多いのだが、そこには親を亡くし路上生活をしている子供が大勢いる。彼ら彼女らに配るためだった。

いわゆるストリートチルドレンは、スリや置き引きで生活していて、まるで用心深い野良（のら）猫のような荒（すさ）んだ目をしているが、キャンディを差し出すと、ぱぁっと子供の顔に戻るのだ。

彼ら全員を救うことなどできない。偽善のようなものだが、萩生はいつもキャンディを仕入れて〈出張〉する。

「くそ!」

小さく罵（ののし）りながら萩生は口の中のキャンディをゴミ箱に捨てた。ポケットのキャンディも全部捨てる。

萩生が〈出張〉していた紛争地帯は、イスラム原理主義者のテロリストの爆弾テロと、アメリカ軍による爆撃で荒れ果てていた。

偽（にせ）情報に踊らされた誤爆も多い。テロリストに内通した情報屋がアメリカ軍に偽情報を流すのだ。それで、何の罪もない民間人が爆撃で死ぬ。

テロリストに内通しているメディアがそれを報道し、民衆の憎悪を煽っている。その結果、祖国を護るという義憤に駆られて『聖戦(ジハード)』に身を投じる若者も増えるのだ。萩生はその実態を取材していた。

取材といっても萩生はジャーナリストではない。彼が集めた情報は『防衛省中央情報隊テロ対策特別室』に蓄積されるのみである。

萩生は、防衛省を偽装除隊し、防衛省の機密費で設立されたダミー会社『さくら貿易』の海外派遣員という身分で諜報活動を行(おこな)っていた。

防衛省が表立って活動できないのは、野党と左派のメディアによるプロパガンダに利用されるから。海外で情報収集する偽装退職自衛官は、国の支援を受けられない危険な任務に就かざるを得ないのが実情だった。

命を落とす偽装退職自衛官も多い。萩生も今回の任務でアメリカ軍の誤爆に巻き込まれ、大怪我を負っていた。

諜報活動とは全く関係ない、戦災孤児へのキャンディ配りの時だった。

ジョットエンジンの轟音(ごうおん)が上空から響いてきた数瞬後、萩生は光に包まれ、まるで見えない巨人に蹴り飛ばされたかのように吹っ飛んでいた。

数ヶ所の骨折で済んだのは、単に運が良かったからに過ぎない。

爆圧で一時的に音が聞こえなくなり、ショックで色彩が抜け落ちたモノトーンの世界のなか、なぜかキャンディの包み紙だけが赤く見えていた。瓦礫(がれき)の下から見える小さな手がそれを握(にぎ)りしめている。

萩生は立ち上がることもできず、這(は)いずるようにしてその手に近づいていったのを鮮明に覚えていた。

何か喚(わめ)いていたようだが、沈黙の世界だと自分の声すら自分に届かない。

さっきまで自分がキャンディを渡していた子供の手を摑み、瓦礫から引き出そうと引っ張ると、肘(ひじ)から先が何もなかった。

萩生の記憶はそこでブツリと途切れている。次に気が付いたのは『さくら貿易』の息がかかった病院のベッドの上だった。

携行が義務付けられているＧＰＳ追跡装置のおかげで、極秘で『さくら貿易』に協力している現地コーディネーターに発見されたのだ。

「帰国命令が出ました。回復を待ってドバイに向かっていただきます」

事情を知っている日系人のドクターが、萩生に告げた。色彩も音声も戻った安心安全な場所で、萩生は、

「ああ、そうですか」

とだけ答えていた。

だが、心はまだあの戦場に残っている。おそらく今も。

空港のトイレに入って、手洗いシンクから流れる安全できれいな水を使って顔を洗った。無料で提供される備え付けのペーパータオルを二枚使って顔を拭う。

ふと目を上げれば、日焼けした髭の男が鏡の中から自分を見ているのに気付く。

「大丈夫。俺は大丈夫だ」

自分自身に言い聞かせるように呟く。胸の内にくすぶった憤怒が、またどこか深いところに隠れるのを萩生は感じた。

深呼吸を三回。次いで首を回して凝りをほぐす。ポキポキと骨が鳴る音が聞こえた。

「ここは、平和ボケしたお花畑の日本。お花畑であることは悪くない。そんなお花畑を守る自衛官に、俺は戻る」

床のアタッシェケースを拾い上げ、戦場から日常に気持ちをスイッチしてゆく。

瓦礫の光景も、死体の腐乱臭も、千切れた腕だけの子供も、この安全なお花畑には存在しない。

――キャンディの赤い包み紙――

それを脳裏から追い出すために、日本の良き文化である銭湯が必要だった。

真新しい『外事第四課』の表札があるドアを男は開けた。ノーネクタイのスーツ姿で、年齢としては平均的な身長、七三に分けた髪型、やや細身のシルエット、黒縁眼鏡をかけているが、これは伊達眼鏡で度は入っていない。

男の名は真波望（まなみのぞむ）。警視庁公安部外事第四課の主に盗聴（シギント）・監視を担当する特別作業班の班長に就いていた。

三課体制だった公安部外事課だが、二〇二一年、中国・北朝鮮担当だった第二課から北朝鮮担当を独立させて第三課を編成し、中東担当だった第三課を第四課に名称変更したのだった。

世界各国でテロを行っていたイスラムの独立国家を謳（うた）ったテロ集団が米軍の攻撃によって事実上の壊滅状態となり、緊張を強（し）いられていた旧・三課が一段落したということもある。

緊迫した情勢だったにもかかわらず、日本でテロが起きなかったのは、偶然ではなく旧・三課の陰の功績だ。

『極東浸透作戦』として、中国の人身売買組織から中国人の少年少女を買い取り、日本語教育と軍事教練を行っていることを突き止めたのは、真波の特別作業班だった。

一見日本人と見分けがつかない工作員が、背乗りで完璧な身分証を作ることができれば、爆破事件や要人暗殺などのテロリズムが日本を席巻してしまう。スパイ防止法すらなく、『諜報天国』と世界中の諜報機関から馬鹿にされている日本では、浸透されれば対抗手段などない。水際で食い止めるのが肝要だったのだ。

水面下の攻防は熾烈を極めたが、真波の情報分析によって中東からのテロリスト浸透は先手を打つことができた。中国の工作員を連続で検挙した外事第二課の久我とならんで『エース』と呼ばれるようになった所以だ。

真波が帰り支度をしている時に顔を覗かせたのは、新設の第四課長、古柳恵一警視だった。

「真波君、ちょっといいか?」

真波は特徴のない顔を少し曇らせ渋々頷いた。通勤に使っている小さな肩掛け鞄を机の上に置いて、古柳の後に続く。

古柳が入ったのは、喫煙ルームだ。官公庁に喫煙者が少なくなったので、あまり人が入ってこない一室である。それが、愛煙家の古柳が密談に使う理由だった。タバコも吸えるし、誰にも話を聞かれない。

「アメリカのシュミット事務次官補が暗殺されたのを知っているか?」

そんなことを問いながら、古柳がマッチでタバコに火をつける。頑なにライターを使わない男だった。

「はい、知っています。テロ組織『道場』の協力者である、バルフ近くの部族長との会談中に部族長もろとも吹っ飛ばされたそうですね」

うっとりと紫煙を肺に吸い込みながら、古柳が頷き、

「じゃあ、アレが犯行現場から見つかったことも？」

と、言った。服や髪にタバコの臭いが染み付くと、真波の同居者が嫌がるのを知っているので、古柳は排煙装置に向かって煙を吐く。

「ひしゃげた金色のベルが壁に食い込んでいたそうで。おそらく『ベル』の犯行ですね」

三口、更にタバコを吸いつけ、名残惜しそうに水を張った灰皿に古柳が吸いさしを落とす。ジュッと消火される音が真波に聞こえた。

「その『ベル』だが、次は日本に来るらしい」

古柳の言葉に、真波が怪訝な顔をする。

「あの『ベル』が日本で活動するなんて、聞いたことないですね。ソースはどこです？」

古柳が言いにくそうに、ある人物の名前を言う。ため息が真波からもれた。

「正気ですか？　課長。ソイツは『現地取材』と嘯いてテロ組織にわざと捕まり、身代金を日本政府にたかるペテン師じゃないですか」

古柳は、もう一本タバコを吸おうとして、真波の怖い視線に諦めてタバコの箱をポケットにしまった。

「まぁ、甘い汁を吸わせてくれるので、テロ組織と友好関係にあるからね。ごくまれにいい情報がもれる。それが『ベル』の次の標的の情報だったんだよ」

真波がこめかみを揉む。怒っている時の彼の癖だった。

「今まであの馬鹿から提供されたジャンクな情報は、私が担当したものだけでも千件。そのうち、辛うじて使える情報はたった一件だけでした。価値なんかありませんよ」

「それは知っている。だから、現地の『S（協力者）』にウラをとってもらったんだ」

無駄なことを……と、真波が首を振って無言のまま否定的な態度をとった。

「で、その結果は？」

真波の質問に、古柳が言いにくそうに唸る。

「連絡が途切れた。君も知っているだろ？　ハッサンとその弟たち三人。全員が消息を絶ってしまった」

古柳や真波が奉職している警視庁は、大きな組織ではあるが、他の県警と同じ地方警察である。だから、海外の『S』は貴重だった。人選も慎重に行うので、優秀な人材であることも多い。ハッサンはかなりの腕利きだった。真波も何度も彼の情報に助けられている。

「それは……少し気に入りませんね……」

テロリスト『ベル』の正体は謎に包まれている。単独犯なのか、グループなのか。男なのか女なのかすら、誰も知らないのだ。

わかっているのは、探りを入れた者が全員行方不明になっていることだけだった。

「ハッサンの件で、中東方面の『S』が全員怯(おび)えてしまった。誰もハッサンの後を引き継いでくれない」

どうやら『ベル』が日本に向かったらしいというあやふやな情報だけが公安部に残されたわけだ。

「水際で止めようにも相手がわからないんじゃ、無理ですね」

日本内部に入り込まれてしまったら、テロなど防げるものではない。警備部の無能さ加減は、元・首相の暗殺、現首相への爆弾テロ事件を防げなかったことで、露呈(ろてい)してしまっていた。

公安が水面下で『処理』していたので、今までなんとかなっていたのだ。

「正体不明。目的もわからず。これで、どうせよと言うのです？　まさか、私に押し付ける気じゃないでしょうね、課長」

「そのまさかだよ」

乾いた笑いが真波からもれた。

「難易度が高すぎます」

古柳が肩をすくめる。そして、ポケットからある人物の人事データを取り出して真波に見せた。

「防衛省中央情報隊？」

防衛省の中でも、特に活動が秘匿（ひとく）されている部隊だった。練馬駐屯地に本部があるらしい。

「中東から帰ってきたばかりの専門家がいる。彼がうちに出向してくるので、協働して『ベル』対策にあたってほしい」

真波がもう一度こめかみを揉んだ。かなり怒っていることがわかって、古柳はやや怯（ひる）んだようだった。

「私が、部外者を信用しないのは知っているでしょう。『S』だって最小限です。こういうのは、多くの『S』を抱える久我にやらせる方がいいのでは？」

真波の他にもう一人の公安のエースがいる。外事第二課の久我という男だ。多くの『S』を抱えて広く網を張り、敵を追い詰めるタイプだった。情報を丹念に洗う真波とは真逆の手法である。

「久我君は今、新興の密輸組織『龍頭』を追いはじめるところでね。彼の上司の外事第二課長から断られてしまったんだ」

たまたま直近の『ベル』の事案が中東だっただけで、外事第四課が担当するのもおかしな話だ。

イスラム系テロ集団が一段落したとみられていて、公安部の課長会議で古柳に当該事案が押し付けられたという図式だろうと、真波は推理していた。

その古柳はそれを真波に押し付けようとしている。形式上「お願い」という形をとっているが、これは命令だ。

——どうせやるなら、下手に出ているうちに駒を揃える方がいい。

と、真波は頭を切り替えていた。

「まぁ、引き受けてもいいですが、兵隊さんに諜報員の真似事ができるとは思えません。私の古巣の『公安機動捜査隊』の盗聴・監視チームを私の下に加えてくださいますかね?」

真波が渋々ながら引き受けてくれたことで、ほっとしたような表情を古柳は浮かべていた。

「隊の司令は私の後輩だ。リストを出してくれれば、臨時に出向させるよ。目黒の捜査隊本部に空き部屋があったはず。そこを提供してもらおう。任せておきたまえ」

今日こそ自宅に帰る予定だったのだが、真波はもう一泊公安部に泊まることになってしまった。外事第四課がある桜田門から、目黒に引っ越す準備と、部下への引継ぎをしなければならない。

——古柳のことだ、もう総務部に手回ししていて辞令も用意しているだろう。

そんなことを思いながら、真波は私物のスマホで電話をかける。

『もしもし?』

不安気な女性の声がスマホから聞こえた。

「私です。今日は帰ることができるはずでしたが、またしばらくこっちに泊まることになりそうです」

『そうですか……』

「ですので、またしばらく私の家にいてください」

しばしの沈黙ののち、女が答えた。

『わかりました』

「ジョセフィーヌに私の声を聴かせてあげてください」

女が立ち上がる音が真波に聞こえた。ごそごそとスマホを構える音が続く。

『どうぞ』

「ジョセ、まだしばらく会えない。彼女を守ってあげてくれ」

真波が通話を切り上げて、一度電源を落としたノートパソコンを立ち上げている
と、特別作業班の四人の部下の一人である大峰康弘巡査部長が話しかけてきた。

真波が古柳に呼び出されたのを見て、心配で残っていたのだろう。

「古柳に何か押し付けられましたね」

ノンキャリが占める課長職の中で、外事第四課だけはキャリア警察官のポストに
なっていた。キャリアは同じ派閥の先輩の頼みを断れない。

「その通りだ」

うんざりした声で真波が答える。

「兵隊さんと組めとさ」

大峰が露骨に嫌な顔をする。

「素人と組まされるのは勘弁ですね」

「私はしばらく目黒の『公安機動捜査隊』に居を移す。申し送り書を作っておくの
で、私の留守中は君が班の指揮を執れ。ゴミ攫いの経験を積んでおく頃だ」

外事第四課特別作業班の仕事は大量に集まる情報をひたすら選り分ける作業だ。

その殆(ほとん)どは『ジャンク』と呼ばれるゴミ情報で、まれに有力情報が含まれているという感じである。なので、独特の『嗅覚』を鍛える必要があった。

真波にはそれが備わっていた。

「班長のようにやれるのか自信ないですが、やってみます。そんなことより、ジョセちゃんに会えなくなるのが淋(さみ)しいですね」

引継ぎの書類と指示書を作りながら、

「まったくだ」

と、真波が答えた。遠慮がちに大峰が会話を続ける。

「その……裕子(ゆうこ)さんは、まだご自宅に匿(かくま)っているのですか？」

大峰の質問には答えず、真波がノートパソコンのキーボードを叩きながら、

「アメリカ中央情報局(CIA)は面子(めんつ)を潰された。特に作戦の実行と立案を担当したアメリカ中央情報局はかなり頭にきている。『ベル』が犯人であることと、『ベル』が日本に向かっていることまでは摑んでいるだろう」

真波の下で働くことが多かった大峰は、彼が何を言おうとしているかが理解できた。

「極東浸透部隊『442』が動きますか」

極東地域において現地に溶け込めるよう、日系アメリカ人だけで構成された工作

員部隊をアメリカは極秘で抱えていて、それのコードネームは『４４２』だった。

　第二次世界大戦時、アメリカに帰化していた十二万人もの日系人に対し、当時のアメリカ政府は、彼らの土地・財産を没収し、わざわざ過酷な環境に強制収容した過去がある。その時、

「我々はアメリカ人だ」

と、日系二世の若者が軍に志願し、アメリカのために勇猛に戦場で戦った。それが『第４４２連隊戦闘団』である。極東浸透部隊のコードネームの由来だ。

「韓国や中国、その他アジアで活動していた『４４２』の工作員が、東京に集結しつつある。偽装もしない雑な招集だ。怒りの度合いがわかるな。レセプションのワイン選びが主たる業務の外務省の連中(ボンクラ)は、全く気付いていないがね」

　くつくつと大峰が笑った。

「お坊っちゃんですからね、アイツら」

　真波も苦笑を浮かべる。

「平時はいいんだよ、それで。だが、攻撃対象外の人々への巻き添えを屁とも思っていない『４４２』だの『ベル』みたいなガチのテロリストだのの相手は無理だ。警察だって手に余る」

　大峰の顔から笑みが消えた。そして、

「俺たちが最後の砦」

と呟いた。

「そうだ、いつだって公安部外事課が最後の砦だ。私は『ベル』を追う。お前らは、極秘に『442』を追え。古柳には話すなよ」

「了解です。俺も『442』は嫌いなんで、せいぜい頑張ってゴミ漁りしますよ。『ベル』に関する都市伝説が本当でないことを願います」

心配そうな大峰を見て真波が浅く笑った。

「私はオカルトを信じない。優秀な隠蔽班がサポートしているんだろうよ。せいぜい注意しておく」

▽▽▽

豪華なホテルのスィートルームのような空間だが、これは自家用ジェット機の客室だった。現在、太平洋上を航行している。

その客室の片隅で、大柄な白髪の男が背中を丸めながら、ノートパソコンで何か書類を作っていた。

同室のベンチやソファで各々くつろいでいる少女たちは、テロ組織である『道場』から、兵站を担っている部族の離間工作を仕掛けていたシュミット事務次官補と部族長のアハマドを指向性爆弾で吹っ飛ばしていた。

　危険地帯でも平気で慰問に行くガールズバンド『夜の魔女』は表の顔。正体は暗殺を請け負う『ベル』というテロリストだった。その正体は誰も知らない。

　ウエスト部分をカットオフしたタンクトップと短パンに裸足という緊張感のない服装のタチアナ・マカロワが、作業をしている男の背後に立った。『夜の魔女』のリーダーで華やかな美少女である彼女のそんな姿を見たら、ファンの若い子は卒倒ものだろう。

　タチアナは、そのまま身をかがめて、座っている男に抱き付き、髭面の頬にキスをする。

「パーパ、働きすぎ」

　首にねっとりと巻き付いたタチアナの腕をポンポンとタップして、パーパと呼ばれた男がそれをほどく。パーパは『父親』を示す幼児言葉だった。

「可愛いわたしの狼たち、もう次の仕事なんだ。高額の報酬が約束されているわりに、ぬるい仕事だよ」

　髭の男の名はワシーリ・メスチェラーク。『夜の魔女』のチーフマネージャーであり、『ベル』の世話役でもあった。

　彼は『ロシア対外情報庁(SVR)』の元・工作員で、彼女らの軍事教練の教官も務めていた。海外で自由に活動できる破壊工作員を作る……というロシアらしい非合法(イリーガル)な計画で作られたのが『夜の魔女』＝『ベル』で、ワシーリは計画の責任者でもあった。

　タチアナが、ワシーリの肩を揉む。ガチガチに凝っていた。

「次は日本でしょ？　あたし、日本好きよ」

　そう言ったのは、爪の手入れをしていたドラムス担当のポリーナ・ゲルマンだった。血縁にタタール人がおり、外見が日本人に似ていることもあって、日本のアニメ作品などに興味を持っている。

　ダウンロードできる作品をコレクションしていて、最近のお気に入りは、少女二人組の暗殺者のアニメだった。

「日本は嫌い。ＨＥＮＴＡＩばかりだって聞いたよ」

　ナイフに研(と)ぎを入れながら、口を挟んだのは、髪をダークブルーに染めたベーシストのルフィーナ・ガシェワだった。九死に一生を得る大怪我をしたことがあり、以来、験(げん)を担ぐ傾向があった。ダークブルーは彼女のラッキーカラーだと信じていた。

「あ、それ、反日メディアがデマを流布(るふ)しただけだって」

　ギターを爪弾(つまび)きながらギター担当のヴェーラ・ベリクが言う。よく奏でる曲は

『ダニューブ河のさざなみ』だが、今はレッド・ツェッペリンの『天国への階段』を演奏していた。『夜の魔女』ではエレキギターだが、本当はアコースティックギターの方が彼女の好みらしい。

「あたし、日本ははじめて！　ラーメン食べたい！　どんな味がするんだろう？」

メンバー最年少で、キーボードとコーラスを担当するナターリア・メクリンがラーメン情報誌を捲りながらうっとりとした声で言う。

ワシーリが椅子を回して彼女らに向き直り、

「ポリーナの言う通り、次の舞台は日本だ。法執行機関がロクに銃も撃てない腑抜けた馬鹿な羊の国だが、報酬がいい。まぁ、私も含めてオーバーワーク気味だったから、これが終わったらバカンスにしよう。どこがいい？　日本以外で」

と言った。秋葉原でアニメグッズを買いまくる予定だったポリーナと、ラーメンに天上の美味を期待しているナターリアが、ブーイングをして唇を尖らせる。

「何もないところがいい。砂漠とか？」

ダークブルーの髪を掻き上げながらルフィーナが候補を挙げた。

「砂漠なんてやだ！　ハワイがいい！」

そう言いながらヴェーラが爪弾いたのはザ・ベンチャーズの『ダイアモンド・ヘッド』だった。

「パーパが決めていいよ」

　ワシーリの膝の上に腰かけながら、タチアナが言う。

「タチアナは、パーパが大好きね」

　きゃたきゃたと笑いながら、ナターリアがラーメン情報誌から目を上げてタチアナをからかう。

　気の強いタチアナが何か反論するかと思えば、顔を真っ赤にしただけで俯(うつむ)いてしまった。研ぎ終えたナイフを置いて、ルフィーナがナターリアの頭を小突く。

「なんか、ごめんね」

　ナターリアが舌を出して謝った。

「わたしの可愛い狼たち。ゆっくり考えてくれ。日本だと銃と弾の調達だけは面倒なので、少し長めに滞在することになる。あと、高温多湿の気候にも体を慣らしておくんだ」

　機内アナウンスが入る。

「当機は、日本の領空に入りました。税関を通過するまでは、機長の指示に従ってください。羽田空港到着予定時刻は、十九時半になります」

　バンド『夜の魔女』で使う機材は、この自家用ジェットで運搬する。

　旧・ソ連軍がモチーフのバンドなので、空薬莢(からやっきょう)などが装飾に使われる。舞台に吊るすために金具が取り付けられているので、これは装飾品という扱いになり合法だ。

弾薬の調達が難しい国では『夜の魔女』として持ち込んだ空薬莢に、雷管と火薬と弾頭を手作りして銃弾を形成し、銃は演奏機材や舞台の足場やディスプレイを組み合わせてハンドメイドの銃を組み立てる。

どんな厳しい税関も、これには気付かない。ましてや、銃器摘発の経験が浅い日本の税関など問題外だった。

「武装を整えるのに時間はかかるが、我々に対抗できるような組織は日本には存在しない。準備期間中は体の『調律』に専念してくれ」

ワシーリはそう言うと、膝の上のタチアナを下ろして、ノートパソコンの作業に戻る。

「えええっ、秋葉原は？」

「ラーメンは？」

ポリーナとナターリアが口を揃えて文句を言う。ワシーリの返事はにべもなかった。

「だめだ。セーフハウスの敷地の外に出てはいけない」

第二章

練馬の駐屯地の片隅に、表向きは『物置』とされている兵舎の一角がある。

表札も何もないが、ここが『防衛省中央情報隊テロ対策特別室』の詰所だった。

日焼けしたスーツ姿の髭の男、萩生が歩哨(ほしょう)の怪訝(けげん)な目に見送られて、ドアをノックしたのがここだった。

「ご苦労」

四人分のデスクがあるが、今は誰もいない。横幅がある大きなデスクが壁際にあり、そこで書類仕事をしている初老の男がいるだけである。

空港で萩生と通話していたのが、この男だった。テロ対策特別室長で、階級は三佐。名前を小倉正道(おぐらまさみち)という。

「ただいま帰任いたしました」

と言う萩生に、書類封筒を二つ渡してくる。

一つは『さくら貿易』退職の書類だった。すでに萩生の名前で退職願が出されており、規程に従って辞令も発行されていた。約二年の給与が振り込まれ続けていた預金通帳には、危険地勤務手当と賞与と退職金も入金されている。退職に伴う国民年金、住民税などの手続きも、全て完了していた。

もう一つは、自衛隊再任用の書類だった。萩生不在のまま、任命の辞令も発行されていて、萩生自身がやることなど何もない。

「諸手続きありがとうございます」

小倉三佐に礼を言って、かつて自分の席だったデスクにつく。

それを見て、小倉が自分の机からもう一つ書類封筒を出した。

「嫌な予感しかしないんですが?」

苦笑を浮かべつつ、萩生が小倉からそれを受け取った。

「ドバイに本拠地を置く、フリーランスの情報屋、ハッサン四兄弟を知っているな?」

知っているも何も、『さくら貿易』の依頼を受けてアメリカ軍の誤爆に巻き込まれた萩生を見つけて助け出してくれたのが、三男坊のハシムだった。

「全員行方不明になった」

日本は好きだ……と、笑っていたハシムの笑い顔を思い出す。

「日本に来たら、浅草(あさくさ)を案内するよ。俺の地元なんだ」

「本当かい？　うれしいぜ。メアドを交換しよう」

それがハシムとの最後の会話だった。

「警視庁外事第四課から仕事を受けたのちに消えた」

「ハッサン兄弟は、全員ベテランで腕もいい。何があったんですかね」

これが、どれくらい深刻なのか知っている萩生が顔を曇らせる。ハッサン兄弟は、比較的日米に好意的な情報屋だったのだ。彼らが殺害されたということは、他の情報屋が怯(ひる)んでしまうことを意味している。

「外事第四課が依頼したのは『ベル』の消息についてだった。彼らは『ベル』を甘く見たんだな」

小倉三佐が自分の首筋を揉む。疲労が顔ににじみ出ていた。

「まぁ、架空のスナイパーを描いたマンガみたいな話ですから」

『ベル』に探りを入れた者は全員死ぬ……という噂(うわさ)が、海外の諜報機関では囁(ささや)かれているが、都市伝説のようなものだと考える者も多い。外事第四課とハッサン兄弟は信じていなかったのだろう。

「中東で『道場(ズールハーネ)』と有力部族長を離間(りかん)させようとしていたアメリカの政府高官が部族長もろとも爆弾で殺された。『ベル』の犯行らしい」

こうした内部の切り崩し工作は大抵、『アメリカ中央情報局』の仕事だ。それが失敗したってことは、プライドをかけてかなりの強硬策に出てくることが予想できた。

「アメさん、何が何でも『ベル』を殺すつもりだ。で、『ベル』は日本に向かっているらしい」

「なんてこった」

萩生は、自分が日本に呼び戻された理由を理解した。海外でテロリスト狩りをやっていた経験があるのは、自衛隊では自分を含めて数人しかいない。ただし問題は……。

「日本が舞台だと、逮捕権も捜査権もありませんよ」

小倉三佐が、萩生が手にしている三つ目の封筒を指さす。

萩生が渋々その封筒を開封すると、明日付けの辞令が中に入っていた。

防衛省から警視庁への出向を命じるものだった。

「警視庁公安部外事第四課が、この件を担当するそうだ。ただし、重武装したテロリストとの戦闘経験が公安刑事(スパイ)にはない。で、君(ソルジャー)の出番というわけだ」

萩生がため息をついた。

「いや、これ、無理がありますって」

「公安なら拳銃を所持できるし、撃てる。逮捕権も捜査権もあるぞ」

小倉が、事務所の片隅にあるガンロッカーに顎をしゃくる。

そこには、陸上自衛隊の装備品である9ミリ拳銃と、予備のマガジンが二つ入っていた。弾は警視庁が支給してくれるらしい。

桜にWマークが刻まれた9ミリ拳銃を手に取る。何度も共に死線を潜った相棒で、手にしっくりくる。

「気が進みません」

半ば無意識に作動確認をして、薬室に9ミリパラベラム弾が入っていないことを確かめながら、萩生が抗議した。

「アメさん、各地から『442』を東京に集めてやがる。『ベル』とドンパチやる気だ」

「くそ！　最悪だ」

アメリカ中央情報局、通称『CIA』が抱える極東専門の工作員が『442』だった。日系アメリカ人だけで編成されていて、日本、中国、韓国をはじめ、他のアジア地域で活動しても、外見上現地に溶け込めるように訓練されている。

攻撃目的外の戦闘員の巻き込み、いわゆる『コラテラルダメージ』を度外視した乱暴な作戦行動で、アメリカの他の諜報機関からも敵からも忌避されている。

米軍の中で『442』の投入に忸怩たる思いをしている者から、自衛隊にこっそりリークがあったのかもしれない。

萩生の脳裏に、赤いキャンディの包み紙が浮かぶ。大事そうにそれを持っていた瓦礫の下から出ていた子供の腕は、肘から先がなかった。

理想主義者が安全な場所から掲げる正義の御旗や主義主張など関係ない。戦争に巻き込まれる子供たちがいなくなるのが、萩生にとっての正義だった。

「引き受けます。ただし、素人は足手まといなので、俺のやり方でやりますよ」

小倉三佐が、首を回す。ポキポキと骨が鳴る音が、萩生まで届いた。

「それでいい。存分にやれ。責任は俺が持つ。日本を舐めやがって、気に入らん」

▽▽▽

機体に『夜の魔女』のペイントが施されたボンバルディアBD－700グローバルエクスプレスが、羽田空港に到着した。

この航続距離が長いプライベートジェットは『夜の魔女』のトレードマークにもなっていて、日本訪問が報道されていなかったにもかかわらず、大勢のファンや報道陣が空港に詰めかけていた。

「日本の大手企業の経営者が背任で逮捕されるのを免れるため、プライベートジェットで国外に逃亡したのを受け、日本では二〇二〇年から保安検査を免除されていた大型貨物が検査対象になりました。しばらく足止めですが、ご容赦ください」

機長からアナウンスが入る。ワシーリと『夜の魔女』が日本に持ち込む手荷物は、すでにカーゴに移してあり、僅かな身の回りの物を保安検査するため、税関の職員が機内に乗り込んでくる段取りになっている。

コンサート用の機材や足場用の鉄パイプは、組み立てることにより銃器にすることができるようになっているが、どんなに厳しい保安検査でも見抜くことは不可能だ。機材の間に違法薬物が入っていないか麻薬犬が嗅ぎ回るが、とんだ見当違いだ。

プライベートジェットの乗員とワシーリと『夜の魔女』が、組み立て式の保安ゲートと金属探知を通過して、入国審査に移る。

ワシーリは、双頭の鷲がデザインされたロシアのパスポートを苦々しい思いで見ていた。かつて、『ロシア対外情報庁』、通称『SVR』の職員として忠誠を誓った国だ。今は、不信感しかない。

『SVR』に課せられたのは『どんな国にも怪しまれずに侵入できる工作員の育成』というものだった。その方針に従って、いくつかのプロジェクトチームが作られ、人材の育成が行われた。

『二十歳くらいまでの少女を工作員に』というプロジェクトは、ワシーリの班に委ねられ、タチアナら五人を訓練した。

ロシアンマフィアの人身売買の被害者となっていた少女たちで、長い者で約一年監禁されていた。

どんな扱いをされていたのか、体に刻まれた傷と怯(おび)え切った彼女らの目を見たワシーリにはすぐにわかった。ならず者の群れの中に、助けを求めることもできない美しい少女がいれば、やることは一つだ。

救出された少女の中で身寄りのない者が、使い捨てしても問題ないモルモットとしてワシーリの元に送り込まれてきた。だが、このままでは彼女らは壊れてしまっていて使いものにならないことも、彼にはわかった。

まず、ワシーリがやったのは、逮捕された人身売買組織の囚人たちを、訓練施設に移送することだった。

「タチアナたち五人が抱えるトラウマを克服させるには、原因となった男たちを自分の手で殺させるしかない。殺しの実験台としてありったけの人数が欲しい」

というワシーリの申請は、あっさりと通った。当時、ロシアンマフィアは、刑務所内にシンジケートを形成していて、看守を巻き込んで贅沢な別荘暮らしをしていたからだ。それが、問題になっていたのである。

なので、司法も内々に喜んで協力してくれた。いい厄介払いという側面もある。その囚人たちを使って、『人の刺し方と急所』『絞殺の仕方』『拳銃で「どこを撃てばいいのか」の実践』『わざと逃亡させて追跡して狩る練習』『ライフルによる遠距離射撃』など、あらゆる殺しのテクニックをワシーリは彼女らに叩き込んだ。

人を殺すたびに吐くほど恐怖していた彼女らも、次第に死の臭いに慣れてくる。自分を凌辱した男たちを自分の手で殺すことで、恐怖と屈辱の感情は薄れてゆく。

血が出るまで爪を噛んだり、夜中に飛び起きて鎮静剤を打つまで泣き喚いたり、自分の体を傷つけたり、そういった異常行動がなくなるのと比例して、彼女らの人間性のようなものが、剝ぎ取られてゆく。

ワシーリはそれを是とした。トラウマを克服させずにこのまま壊れ続ければ、彼女らの行きつく先は自死である。

自由に各国を移動できるという仕掛けのために、『ガールズバンド』という形態が俎上にあがり、検討がくり返された。

サンプルになったのは、韓国のアイドル戦略だ。無名のアイドルグループが、一気にスターダムにのし上がるスキームが研究され、『夜の魔女』は初めは動画で、次にオフラインイベントで、人気を博してゆく。

資金の問題はなかった。ロシアの新興財閥（オリガルヒ）が後押ししている。宣伝費も無尽蔵だった。あとは、支援を受けられない類（たぐい）の物資の調達だが、代替品を工夫するための訓練をしている。副次的に、音楽は彼女らにとって、リハビリにもなっている。

やはり『殺し』だけでは、別の形に壊れるだけだ。『夜の魔女』と『ベル』という二面性は、彼女らに良い方に働いていた。あの日が来るまでは……。

「パーパ、怖い顔をしてる」

タチアナが心配そうに、ワシーリの顔を覗き込んでいた。

「祖国の裏切りを思い出していた」

ワシーリの肩を、タチアナがマッサージする。ワシーリは目をつぶって、満足気な呻（うめ）き声をあげた。

「私たちは勝った。二度と奴らは襲ってこない。そうでしょ、パーパ？」

「そうだな。君の言う通りだよ」

プライベートジェットが駐機場に向かい、保安検査を終えたカーゴをトラックに移す作業を行うクルーを残して、ワシーリと『夜の魔女』はマイクロバスで空港を出た。

ファンや報道陣が殺到しているのに鑑（かんが）み、羽田空港側はメンテナンスヤードからこっそり出ることを許可してくれている。

バスの運転はプライベートジェットのパーサーの男性ミーチャ・ニコライエフ。助手席はキャビンアテンダントのエレノワ・ジョシュカという中年女性だ。

彼らは、ワシーリの部下で『夜の魔女』プロジェクト発足時からのスタッフだった。各種訓練を受けた工作員でもある。

「秋葉原……」

残念そうに呟いたのは、アニメグッズを買い集めたかったポリーナ・ゲルマンだ。ラーメンの食べ歩きをしたかったナターリア・メクリンも車窓を眺めつつため息をついていた。

アコースティックギターを車内に持ち込んだヴェーラ・ベリクが得意な『ダニューブ河のさざなみ』を爪弾いている。それが、車内のＢＧＭになっていた。

ダークブルーの髪のルフィーナ・ガシェワは、つまらなそうに窓の外を見ている。愛用のナイフを取り上げられて、機内のカーゴに収められて以来、ずっと機嫌が悪い。

ワシーリはよほど疲れていたのか、マイクロバスが動きはじめると、寝てしまっていた。当然の権利のように隣に座ったタチアナの肩にもたれるようにして、軽いいびきをかいている。

タチアナはワシーリを起こさないように、彼の枕に徹していた。節くれだったワシーリの手を握っているのは、彼が転倒しないためだと言い訳していた。

「どこに向かっているの？　どんどん自然が豊かになっているんですけど？」

助手席にいるエレノワに、ルフィーナが質問する。

『夜の魔女』の護衛とサブマネージャーを兼ねているエレノワが質問に答えた。

「奥多摩（おくたま）というところに向かっています。そこから更に奥に入った『弐腹（にはら）集落』が目的地です」

ギターを爪弾きながらヴェーラが補足する。

「ここも、東京都なんだって。っていうか森林だよね」

車内モニターを操作して、エレノワが目的地の集落の映像を流す。

十軒ほどの民家があって、この中にある公民館みたいな場所が宿になるらしいことを知って「うえっ」と、ルフィーナが吐く真似をする。

「ご心配なく。ボロなのは外側だけで、内部には手を入れています」

スライド風に、公民館の内部の施設をエレノワが紹介してゆく。大浴場は源泉から引いてきたもので、地下には射撃場や音楽スタジオまである。

「こんなに民家が密集しているのに、銃声が聞こえちゃわない？」

秋葉原買い物ツアーを諦めたポリーナが質問する。

「大丈夫です。この集落は中国人によって全員背乗りされているんです」

日本の田舎には老人しかいない『限界集落』が多い。そこに入り込んできたのは、黒社会の中国人だった。

保険証や銀行の口座番号が紐づけされているマイナンバーカードのおかげで、他人に成りすますための作業が楽になったということもある。

制度上のバグ拾いが進めば、こうした反社会的な連中の付け入る隙はなくなるのだが、現在は言わば試行期間であり、「今のうちに」と乱暴な手法で反社会的な連中が食い込んできている段階だ。

限界集落の家族構成や、生活動線を調べ上げ、一晩で一気に入れ替わってしまったらしい。身分を乗っ取られた本来の住民がどうなったか？　全員殺されてこの集落の墓地に埋められている。

中国人は徹頭徹尾『金』である。金さえ積めば、決して裏切らないビジネスパートナーとなる。ワシーリの部下は、そこに目をつけ、大枚をはたいてこの集落……弐腹集落……を、セーフハウスとして選んでいた。

周囲は全て日本人に背乗りした中国人だけである。安全な隠れ家と、警備員を手に入れたに等しい。

中国人と聞いてナターリアはラーメンに期待を寄せたが、黒社会の反社会的な中国人ばかりとわかると、再び失望していた。

「コンサートは、中野(なかの)サンプラザってとこだっけ？　歴史ある建物だけど、取り壊しが決まって、『さよならコンサート』をやるんだよ。うちらはそのゲスト」

慈母の微笑を浮かべてワシーリに肩を貸しているタチアナを、ルフィーナは横目で見ながら舌打ちをした。ダークブルーに染めた髪を指でイライラと梳(す)きつつ、今回のコンサートについて説明する。本来はバスで移動中に簡単な打合せをする予定だったのだが、タチアナがこの体(てい)たらくである。

「一週間にわたって、様々な『さよならコンサート』が開かれて、あたしらは三日目の……って、聞いてる？」

タチアナが統率をとらないと、残りの狼たちは各々勝手なことを始めてしまう。ポリーナは秋葉原に寄れなかったことで虚脱状態になっており、ナターリアはラーメン情報誌を読んでいる。アコースティックギターを爪弾いているヴェーラは返事もよこさない。

助けを求めるように、ルフィーナがタチアナを見たが、彼女は幸せそうにしているだけである。

「ダメだこりゃ」

ルフィーナが匙(さじ)を投げる。

「怒るなって。小じわが増えるぞ」

ギターに目を落としたまま、ヴェーラが半笑いでルフィーナをからかう。

「うっせぇ！　あたしはまだ十代だっつの！　ぴちぴちだ！」

声を荒らげたルフィーナを、タチアナが窘めた。

「シー！　静かに。パーパが起きちゃう」

ルフィーナが不貞腐れて窓にもたれる。

「ファザコン……」

小さく罵った彼女の声はタチアナには届かなかった。

▽▽▽

目黒の何の変哲もない三階建てのビルの前に、真波は立っていた。ここが『公安機動捜査隊』、通称『公機捜』の詰所である。

一階は駐車場になっていて、二階がオフィス。三階は宿直室とミーティングルームになっている。

二階オフィスの片隅は床が抜けていて、『すべり棒』と呼ばれる金属のポールが貫いている。階段を使わずに一階の駐車場まで行ける構造だった。

この構造からもわかるように、ここは元・消防署で、一九九〇年に警視庁が買い上げ、渋谷署の一角に間借りしていた『公機捜』を独立させたという経緯がある。

表札がないのは伝統だ。テロの標的になりやすいので、かつては緊急出動時もサイレンを鳴らさず、ある程度詰所から離れてからようやく鳴らすなど、秘匿に腐心していた。

今は、TVドラマなどに取り上げられるなどして、公然の秘密と化してしまっているが。

真波は、外事第四課に抜擢されるまで、ここが勤務地だった。情報収集を担当するシギント班に所属していた。同僚や後輩も、未だここに勤めている。

自衛隊との協働作戦を引き受けるにあたり、事務方として古柳課長に要求したのは、自分の後輩二人である。

真波がゲート脇の鉄扉を開けて敷地内に入る。

ゲートと建物の間の前庭を歩いていると、監視カメラが自分を追っていることに気付く。懐かしかった。建物内の地下にある警備員室では、武装した警備担当がこの建物を守っている。

出入口となっている鉄扉の電子錠が開く音が聞こえ、建物内に入る。正面に階段とトイレと給湯室。右手の鉄扉の先は駐車スペースだ。

爆弾テロ事件発生時の初動捜査に使う特殊車両や、核・バイオ・ケミカル兵器を使ったテロ――いわゆる『ＮＢＣテロ』――に即応するための装備を積んだ車両などが並んでいる。

近年は、ドローンを使った初動捜査なども行われるらしい。真波がここに勤務していた頃にはなかった装備だ。

階段を上がって二階の廊下に出る。大部屋が二つある。片方は、資料室や倉庫。もう一部屋が、詰所だった。『すべり棒』があるのが、その詰所である。もっとも、現在は消防署でも『すべり棒』を使う者はいないし、『公安機動捜査隊』でもいない。

二階廊下には、真波がリクエストした二人の後輩が待っていた。

シギント班には欠かせない、盗聴やパソコンのハッキングの専門家である佐藤(さとう)修(おさむ)巡査部長と、新しい諜報技術としてのドローン操縦を学んだ網野朋(あみのとも)巡査部長だ。

「お帰りなさい」

二人が微笑を浮かべて真波に頭を下げる。

「ただいま」

三人で連れ立って歩く。

「まずは、隊長に着任の報告に行きましょう。それから事務所に案内します。『特別作業班』とかいう、ぼやかした名前がつけられました」

パーティションで仕切られたスペースに、いくつかの作業班があった。

知り合いも多い。

「お？　真波じゃん。里帰りか？」

「お帰り。荷ほどき終わったら、呑みに行こうぜ」

そんな声が、あちこちからかかる。

新設されたのは、ドローン専従班で、さすがにそのメンバーには真波の知り合いはいなかった。

それでも『公安外事第四課エース』真波の噂は聞いているのか、好意的な視線を送ってくる。

「早川隊長はどんな人物だ？」

真波の質問に網野が答える。

「可もなく不可もなく。自衛隊に入り込まれるのがお気に召さないみたいです」

「だろうな」

パーティションで仕切られただけの半個室が、隊長室だった。

簡易扉を真波はノックした。

「どうぞ」

想像より若い声が内部からした。

「失礼します」

と声をかけて、扉を開ける。

ソファとローテーブル。壁際に書類キャビネット。絵などの装飾品などは一切ない部屋だった。大きなスチール製の灰色のデスクがあり、山積みされた書類が載っている。

書類から目を上げて、早川隆一警視が、

「やあ、君が真波君だね。そうそう、辞令か」

と、既決箱にそれを載せる。形式にこだわり直立して辞令を読み上げることが殆どだが、この大柄でくせ毛の男は形式を省略するタイプらしい。真波は少しこの男に好意を持った。想像していたより若いのは、キャリア警察官として優秀なのかもしれない。

「ご面倒をおかけします」

と頭を下げたのは、本心だ。

「自衛隊とか、気に入らない。真波君も大変だね」

真波単独なら厄介者扱いされたのだろうが、共通の敵がいることで仲間意識が芽生える。いわゆる『敵の敵は味方』というやつだ。

短い面談を終えて、新設された『特別作業班』の部屋に案内される。

場所は三階の使われていない倉庫で、佐藤と網野が雑多な保管品を運び出してスペースを作ったらしい。

必要機材は運び込まれていて、使用していい覆面捜査車両や、現場指揮官車は駐車場に置かれている。

デスクは四つ。抱き合わせで部屋の中央に設置されている。パソコンの回線などは、すでに引かれているようだった。

固定電話はなく、防諜処理されたデジタル無線機とスマホが各机に置かれてあった。もともと倉庫だった部屋なので窓はなく、空気は埃(ほこり)とカビの臭いがした。ゴンゴンと音を立てて空気清浄機がフル回転している。

「雲を摑むような話だが、あの『ベル』が日本に来るらしい。正体不明なうえに、目的もわからん。一つわかっているのは、探りを入れたハッサン兄弟が全員行方不明になったということだ」

ガンロッカーから、真波がショルダーホルスターとＳＩＧ　Ｐ２３０を取り出して装備する。普通の警察官と違って、公安刑事は拳銃を落としたり奪われたりしないための装備『ランヤード』など使わない。邪魔だからだ。

「敵は正体不明だ。だから、誰が敵で誰が味方なのかわからない。常に拳銃を携帯するように。日付を空欄にした拳銃所持許可証を、押印(おういん)のうえ用意しておく。使ってくれ」

佐藤と網野に緊張が走った。真波が、事を大げさに言うタイプではないのを二人は知っている。彼が危険と判断したなら、その危険は本物なのだ。

「私が情報を狩り集める。玉石混交だと思うが、丹念に選(よ)り分けよう。『ベル』だろうが、なんだろうが、やることは変わらない」

真波の強さは、単調な反復に屈しないところだ。佐藤も網野も、彼の下でそういう訓練を積んできていた。

各国の諜報機関が追跡を諦めた『ベル』に、公安が挑むというのも腕が鳴る。

「兵隊(ソルジャー)さんが、明日赴任してくる。まずは、そいつとどぶ攫(さら)いをしてくるよ」

「どんな奴ですかね？」

佐藤の質問に、真波が肩をすくめた。

「知らないし、興味ない。我々の邪魔さえしなければそれでいい」

▽▽▽

関西空港の到着ロビーに、スーツ姿の男がプラカードを持って立っていた。

大手の旅行ツアーの名称が書かれたものだ。もちろん、そんなツアーはない。男は『アメリカ中央情報局(CIA)』の非合法(イリーガル)な極東浸透部隊『442』の構成員・タナカだった。

　彼が所持する運転免許証には『田中正蔵(たなかしょうぞう)』と書かれているが、これは偽造免許証で、タナカという名前も架空だ。

　たまたま日本で活動していたタナカが、韓国や台湾に散っていたメンバーの東京集結に際しての世話人を仰せつかっていたのである。

「よう、今はなんだっけ?」

　話しかけてきたのは、フィリピン—関西空港のフライトを終えたスズキだった。

「今はタナカだ。お前は?」

「スズキだ」

　二人が握手をする。傍目(はため)には旅行会社のツアーコンダクターと出張のビジネスマンにしか見えないだろう。

「あと一時間弱で、台湾と韓国からササキとワタナベが来る。揃(そろ)ったら、新幹線で東京に向かう」

　タナカが腕時計を見ながらスズキに説明した。

「成田空港か羽田空港集合でいいじゃねぇか。新幹線とかめんどくせぇよ」

　スズキが文句を言った。タナカが苦笑を浮かべる。

「関西空港の方が甘いんだよ。仁川空港経由で関西空港ルートは、犯罪者の御用達だからな」

　納得したのか、スズキが肩をすくめた。

「腹が減った。バーガーでも食ってくる。いいか？」

　彼の言葉にタナカが頷く。

「蕎麦の方がヘルシーだぞ？」

　スズキが顔を曇らせる。

「バーガーをスプライトで流し込むのが最高なんじゃないか」

「『パルプ・フィクション』かよ。まぁ好きにしろ」

　スズキがぱたぱたとスーツのポケットを叩く。

「小銭がねぇ。貸してくれ」

　タナカが舌打ちして、ポケットからくしゃくしゃになった千円札を差し出す。

「財布使えって。日本人らしくふるまおうぜ」

　千円札の皺を伸ばしながら、スズキが文句を言う。

「要らないなら、返せ」

「要るよ、バーガーとスプライトが待ってるからな」

　ファストフード店に向かおうとするスズキの背中に、タナカが言う。

「上は、面子を潰されてカンカンだ。荒事(あらごと)になってもいいって話だぜ」

「で、獲物は誰よ？」

タナカが乾いた笑い声をあげる。

「なんとまぁ『ベル』だとよ」

「そいつはやべぇなぁ」

けらけらと笑いながら、スズキが緊張感の欠片(かけら)もない声で応えた。

第三章

　朝、桜田門の警視庁公安部で辞令を受け取り、その足で萩生は目黒にある公安機動捜査隊の詰所に向かった。

　警視庁公安部長からは、『特別作業班』という曖昧（あいまい）な名称の臨時のテロ対策専従班がこの詰所に間借りしていて、そこが萩生の勤務地であると聞かされていた。

　萩生は、テロリスト制圧の経験があるということで招聘（しょうへい）されているので、『防衛省中央情報隊』時代に使っていた９ミリ拳銃と短機関銃ＭＰ５の使用許可が下りている。使い慣れた銃器の方がいいという警察側の配慮だった。

　ただし、正式に着任するまでは警察官ではないので、９ミリ拳銃は分解して鞄の中に突っ込んであった。組み立てれば銃刀法違反になるが、部品で持っているのは問題ない。ＭＰ５は、警視庁特殊急襲部隊（SAT）や警視庁特殊事件捜査係（SIT）から搬送してくれるらしい。

　目黒駅前にあった行きつけの蕎麦屋がなくなっているのに、軽いショックを受けながら、萩生は『公機捜』の詰所に向かう。学生の頃ライブハウスに通っていた目黒の風景はすっかり変わってしまった。

スマホをいじりながら歩いている若者が多い。その中にはヘッドホンをしている者もいた。

「視覚も聴覚も封じて外を歩くとはね」

いつ上空から爆弾が落ちてくるか、通行人がいきなり銃を乱射するか、憑かれたような顔を汗でびっしょり濡らした自爆テロ志願者がいないか、常に警戒を怠ることができない戦場とのギャップに、萩生は軽い眩暈を覚えていた。

丸腰で歩くのも、緊張感を強いられていた。頭では『ここはお花畑の日本。安全で安心だ』と理解していてもなお。

表札がない公安機動捜査隊の建物を守る鉄製のゲートの前に萩生は立った。

ゲートの脇に通用口があった。この通用口も鉄製である。

門衛はいなかったが、監視カメラがいくつも設置されていることに萩生は気付いた。

前庭を横切った先にある建物は、高さ三メートル以上ある大きなシャッターが一階にあり、予め聞かされていた『元は消防署』という情報が裏付けられた。消防車がここから出動していたのだろう。

シャッターの脇に鉄扉があり、ここが建物の正面玄関だった。監視カメラで観察されていたのか、萩生がドアノブを試すより先に、機械音がして電子錠が開錠される音が聞こえた。

「なるほど、ここは要塞か」

国内の極左集団や、テロ組織に狙われる可能性が高い部隊である。過去には左翼過激派から手製のロケット弾で砲撃されたこともある……と、萩生が警視庁から渡された資料には書いてあった。

窓ガラスが少なく、鉄板で補強されているのは、萩生の赴任先だった中東の警察署でも同様だった。それでもトラックに大量の爆薬を積んで突っ込んでくる自爆テロでは多くの犠牲者を出している。

開錠されたのを確認して、萩生が建物内に入った。

内部で待っていたのは、やや細身で黒縁眼鏡をかけた平凡な顔つきの男。この男が公安外事第四課から出向している真波だと萩生は気付いた。

「萩生さん?」

「真波さん?」

これが、初対面の言葉。二人とも微笑を浮かべているが、単に表情筋を動かしているだけだ。

真波は「こちらです」と言って、階段を上がってゆく。萩生はその後についていった。

広い事務所をパーティションで七つに区切ってあり、各々十人前後の男女がノートパソコンに向かって作業をしていた。

各作業班に名札がついているわけではないので、真波に先導されて事務所を横切りながら歩いている萩生には、彼らが何をやっているのかわからなかった。真波からの説明もない。

パーティションに囲まれて半個室になっているスペースに、真波は萩生を案内した。

そこは、五メートル×三メートルの空間になっていた。このフロアの皆が使っているデスクより二回り大きなデスクと、書類キャビネット。病院の待合室で見るような人工皮革の安っぽいソファとローテーブル。コピー・FAXの数年型落ちの複合機が一台置いてあるだけの殺風景な空間だった。

ここが、公安機動捜査隊の隊長を務める早川隆一警視の執務室である。大柄でくせ毛。萩生が想像していたより若い人物だった。

「お疲れ様です。萩生一尉。出向中は『警部補』になりますね。あ、辞令はこちらに」

早川は、作業中のノートパソコンから目も上げずに、デスクの片隅にある『既決』『未決』と書かれた木箱のうち『既決』の方を指さす。

「お世話になります」

萩生は微笑のまま、そう言って辞令書を箱から取り出した。

「あとは、真波君が案内します。『公機捜』にようこそ。歓迎します」

少しも歓迎した風ではない口調で機械的に早川警視が言い、以降会話もない。

『嫌われてんなぁ』

日本の防諜を担ってきたのが公安警察である。特に警視庁公安部は、警察庁警備局のコントロールも受け付けない独立不羈の気概を持っていることで知られている。

警察庁経由で自衛官をアドバイザーとして受け入れろという命令は気に入らないのだろうと、萩生は彼らの心情を忖度した。

真波は、早川の素っ気ない態度をフォローするわけでもなく、無言のまま廊下を進み、階段を上がって三階に向かった。

三階は二階と打って変わって照明もうす暗く、フロア全体が埃っぽくてカビの臭いがした。萩生は『倉庫みたいだな』と思ったが、果たしてその通りであった。端の一室が『特別作業班』ということになっていると、真波が萩生に説明する。

「ここです」

真波が、スチール製のドアを開けて内部に萩生を招き入れた。

中は七メートル四方、天井高は三メートルほどの空間で、中央に四つの事務机が抱き合わせで置いてある。

そこでは、一組の男女がノートパソコンを前に入力作業をしているところだった。

「佐藤です」

「網野です」

ひょいと片手を上げて、二人が自己紹介をした。早川警視同様、彼らも作業中のパソコンから目を離さないままであった。

「萩生です」

と、初対面の三人が言葉短に挨拶を交わす。暗号解読や情報の選り分けを担当するのがこの二人なのだと、真波は萩生に説明した。

防諜処理したスマホ、デジタル無線機が、備品として萩生に渡される。

デスクの上に置いてあるのが支給品のノートパソコンであること、着替えや私物を入れるロッカーの場所と、銃器が収まっているガンロッカーの使い方とを流れるように真波が萩生に言った。

鍵が萩生に四つ渡される。

「デスクと私物のロッカーとガンロッカーと弾保管庫の鍵です。鍵も装備品も紛失すると手続きが面倒なので、気を付けてください」

萩生とは目を合わせないまま真波は言った。

「銃はご持参とか？　まさか現物を持ち歩いていませんよね」

一通り説明を終え、デスクについた真波がやっと萩生を見て言う。

「分解して持ってきました」

萩生が、鞄から布袋を取り出し、あてがわれたデスクの上に9ミリ拳銃の部品を並べる。

「たしか、9ミリパラベラム弾でしたよね？」

「そうです。そっちの拳銃はＳＩＧ　Ｐ230ですか？　警察は.32ＡＣＰ弾バージョンでしたね」

日本の皇宮警察やＳＰや公安は、昔はワルサーＰＰＫを使っていたが、今はＳＩＧに換装(かんそう)されている。

「そうです。よくご存じで」

真波が浅く笑いながら、意識を向けているとは思えない素振りで9ミリ拳銃を組み立てる萩生の手元を見ていた。

「一部の自衛官は、目隠しをしたまま銃を組み立てる練習をしているという噂を聞いたことがあります。あなたはその一部の自衛官なんですね」

今度は萩生が微苦笑を浮かべながら、

「どうなんでしょうね」

と、曖昧な回答をした。真波は肩をすくめただけでこの話題を終え、書類の束を萩生に渡した。

「日付を抜いた拳銃所持許可証です。便宜上の所属長になる私の認印（にんいん）は押印してあります。ガンロッカーから銃の本体を、ガンロッカーの隣の保管庫から弾を取り出してください」

奥多摩にある小さな集落『弐腹集落（にはら）』に公民館がある。
かつて、『地方再生』の名目で当時の与党政権が、予算のバラマキを行ったが、突然ついた予算の使い道に困惑した小さな自治体は、こぞって建造物を建てた。
現在ではその殆（ほとん）どが廃墟や無用の長物（ちょうぶつ）と化していて、無策なバラマキの負の遺産となっているが、それに目をつけたのが日本に拠点を作ろうとしていた中国マフィア『黒社会』だった。

日本にある既存の反社会組織と血で血を洗う抗争を繰り広げたのは、昔の話。

今はヤクザを追い出して稼業を乗っ取る方式がコストパフォーマンスが悪いことに気付き、政治家や自治体や左翼活動家を取り込んで、公金を吸い上げる仕組みに移行しているらしい。

この『弐腹集落』は成功したモデルケースで、表向きは宗教法人を名乗り、東京都から助成金を騙し取ることに成功している。

大陸から、この『弐腹集落』を足掛かりに日本に進出する新興の『黒社会』の犯罪グループも多い。犯罪者の受け入れと隠蔽とコンサルテーションが、ここでの稼業だ。

ベルのメンバー五人は、射撃練習と、フィジカルなトレーニングを反復するストイックな毎日を送っている。合間に音楽の練習も入るが、これは彼女らにとってい い気分転換になっていた。

世話役であり彼女らの父親代わりでもあるワシーリは、税関での手続きが終わったプライベートジェットのスタッフ五名とともに、暗殺の準備に傾注している。

防備に関しては『弐腹集落』の中国人黒社会の連中に任せて、最低限の護衛をつけておけばいいので楽だった。

プライベートジェットのパーサーを務めるミーチャ・ニコライエフと、キャビンアテンダントのエレノワ・ジョシュカがその役割を担っている。

世界をまたにかける暗殺者である『ベル』は、常に諜報機関の追跡に神経を尖らせないといけないが、日本ではその兆候すらない。

公安外事第四課が、中東での事件の関係で海外に抱える協力者を使って探りを入れてきたが、返り討ちにしていた。そこそこ有名な四人兄弟の情報屋だったが、イスラム原理主義者の過激派テロ集団に引き渡してある。

四人組が吐いた情報で、更に凄惨な報復テロが行われるのだろうが、ワシーリには興味がなかった。自分が作り上げた最高傑作である『ベル』がどれほどの成果を上げるか？　これしか考えていない。

ワシーリの祖父は悪名高い『反革命・サボタージュの取り締まりのための全ロシア非常委員会』――通称『チェーカー』――の調査員で、ワシーリの父は『チェーカー』が内務省などに機能分散した後に設立された『ソ連国家保安委員会（KGB）』の非合法（イリーガル）工作員だった。

ソ連崩壊直前の一九九一年、ウラジーミル・クリュチコフ議長による『ソ連八月クーデター』失敗を受けてKGBが解散すると、ワシーリの父はKGB第一総局の後継機関と言われる『ロシア対外情報庁（SVR）』に移籍。

　ワシーリが成人すると、任務中に行方不明となった父の後を継いで同情報庁に奉職した。メスチェラーク家は代々スパイ一族だったのである。功績は表には決して出ないが、ワシーリにはそれが誇りだった。

　だが、ソ連からロシアに体制が変わったことで多くの混乱が起き、それは諜報の世界でも変わらなかった。

　極秘に始まったプロジェクトは秘密裏に闇の中に消え、なかったことにされてしまう。関係者は全員口封じされることも少なくない。

　ワシーリが手掛けていた『対外浸透五号計画』も中止・隠蔽となり、口封じの対象となっていた。

『韓国のアイドルグループを参考に偽装工作員をスターダムに押し上げ、国際ツアーをすることで国の移動を容易にする』

　そんな一見すると荒唐無稽（こうとうむけい）な計画は、ワシーリとそのスタッフの手によって、成功しつつあったのだが、突然中止命令が下る。ワシーリの上官の失脚が原因だった。

　命令内容は『作戦施設の棄却。作戦因子の廃棄。帳簿の直接提出』というもの。

　作戦因子の廃棄は、タチアナら五人の殺処分。直接提出は、出頭時にワシーリが逮捕拘束されることを示している。

　ワシーリは、手掛けた『対外浸透五号計画』こと正式名『夜の魔女』は自分の集大成と思っており、愛着があった。

殺人マシーンでありながら、自分に全幅の信頼を寄せてくる可愛い狼たちも、結婚も子を持つこともできなかったワシーリにとって、実の娘と変わらない存在になっていた。

「殺処分だと？」

ワシーリに怒りが湧いたのは、自分でも意外な心の動きだった。そして、作戦の中止が新興財閥と癒着した政府高官の汚職が原因と判明した時点で、ワシーリの忠誠は揺らいでしまった。

「今後、どうするか？」

ワシーリは苦楽を共にしたスタッフと、何度も話し合った。

皆で下した結論は『国への反逆』。

もともと『対外浸透五号計画』は、国からの援護が困難な状況で独立して作戦行動を継続するのが前提になっており、問題は資金面だけである。

『夜の魔女』の実戦初陣は、かつてはワシーリたちを後押しし、今は敵対的となった新興財閥だった。作戦実行はクリスマス当日。

民間軍事会社に守られていた要塞のような屋敷にいた人間は、五人の少女たちによって襲撃されて皆殺しになり、奪った資金は根こそぎ『対外浸透五号計画』の隠し口座に移された。

拷問され、暗証番号やセキュリティキーのありかを吐かされた新興財閥の口に、いつもはキーボードを奏でる指先でクリスマスツリーに飾られた金色のベルを詰め込んだのは、一番幼いナターリア・メクリンだった。

彼女らの犯行のサインである金色のベルと、『ベル』というコードネームはこの時の死体損壊に由来する。

この襲撃で得た莫大(ばくだい)な資金を背景に、武器弾薬を揃え独立した武装勢力となったワシーリと、激怒したロシア政府との水面下の攻防は熾烈(しれつ)を極めた。

防衛に徹する『夜の魔女』がほぼ損害を出さなかったのに比べ、国家反逆罪と認定してロシア連邦軍参謀本部情報総局(GRU)傘下の特殊部隊まで投入したにもかかわらず、ロシア政府は甚大な被害を出してしまった。

ワシーリに与えられていた施設は、襲撃されることを前提に作られた施設である。更に経験豊かなワシーリのチームが防備を施している。先に音(ね)を上げたのはロシア政府だった。

大規模な軍事作戦が進行中で、兵を振り向ける余裕がなくなったというのが真相だ。

政府の勢いが弱まったのを機に、ワシーリたちは地下に潜った。親子三代にわたってやってきた作業である。手慣れている。

「ロシアに戻りたいと思っていますか?」

軽トラックの運転席の、普段はプライベートジェットの整備を担当しているイワン・コルツォが言った。荷台にワシーリたちがホームセンターで仕入れた物資が積まれている。

「まさか」

ワシーリが答えて、手にしていた双頭の鷲(わし)の刻印のパスポートを上着の内ポケットにしまう。イワンが笑いながら言う。

「私のご先祖はドン・コサックですからね。この旅から旅の生活は楽しいです」

助手席の窓を開け、ワシーリがタバコを咥(くわ)える。

運転しながらイワンがジッポーのライターを差し出した。

「銃弾を手作りするのはいいんですが、あの中国人どもに調達を頼めばいいんじゃないですか?」

イワンが、荷台をチラリと見ながら言う。

「どれだけの武器弾薬を用意するか、知られたくない。彼らとの付き合いは最低限の方がいいんだよ」

「金を積めば裏切らないいんじゃないですか?」

ワシーリが浅く笑って、窓の外に紫煙を吐く。

「金を積まれれば平気で裏切るんだよ、彼らは」

▽▽▽

運転席に真波、助手席に萩生が座った。公安機動捜査隊『特別作業班』に割り当てられた車両は、グレーのインプレッサだった。覆面パトカーと違ってパトライトは積んでいない。

「どこに行くんだい？」

シートベルトを締めながら、萩生が真波に問う。

「まずは、情報提供者に面談だな」

「え？　資料を見たけど、あの平田潤か？　冗談だろ？」

萩生が思わず真波を見て言った。今回の件の公安への情報提供者・平田潤は、外務省の制止を無視して紛争地帯に取材に行ってはゲリラ組織に拘束され、プロパガンダに利用されている人物である。「身代金を払ってくれ」と訴えることで、テロ組織の資金調達に資しているという噂もある。諜報界隈では「ペテン師の類」と認識されていた。

「我々の仕事はゴミ攫いだ。情報は何でも集める。たとえ、相手が平田のような馬鹿でも……だ。そこから玉を選り分ける」

そんなもんかねぇと、萩生は興味なさげに呟く。真波は萩生の態度を気にとめる風でもなく、

「私はジャーナリスト役ということで取材の態でいく。君は、日焼けして髭面なので、カメラマンということにしよう。機材はトランクにある」

そう言ってクラクションを一回鳴らした。すると、車庫のシャッターが巻き上がり、同時に正面ゲートが開く。クラクションが建物の保安係への合図だったらしい。

真波は公安機動捜査隊の建物がある住宅街を抜け、環七通りに出て中原街道との交差点で多摩川方向にハンドルを切った。

「仕事柄カメラの操作は慣れているが、打合せとかいいのか？」

欠伸交じりに萩生言った。

「質問は私がする。君は何も言わなくていい。カメラマン風にスナップを撮るふりをしてくれ」

「そいつは、楽でいいや」

萩生が背もたれに身を預ける。真波は無表情のまま運転を続けた。

やがてインプレッサは多摩川沿いに下って、川崎市に入った。

「平田は承認欲求の塊だ。そこを刺激してやる。すでに情報は入っているので、それの裏付けをするだけだ。気を悪くしたか？」

無関心のように見えて、実は相手の心理の裏を読むタイプ……と、萩生は真波の人物像に関する脳内メモにそう書き加えた。

「気にしてない。ここは、あんたらのテリトリーだからな」

「そうか。ならいい」


川崎市内に入ったインプレッサは、ＪＲ川崎駅から海の方に向かって走り、通称『セメント通り』に出て路上駐車した。

この場所は、かつて大きなセメント工場が存在し、その労働者を当て込んで飲食店が軒(のき)を連ねた場所だが、工場の移転などで急速に寂(さび)れてしまっていた。

平田の家はこの通りの路地奥にある古いアパートの一室であった。

真波はあまり有名ではないゴシップ誌の社名が入った名刺をダッシュボードから出して、名刺入れに入れた。

萩生は、撮影機材の入ったジュラルミンケースをトランクから引っ張り出す。

「私は、架空の人物唐釜和人(からかまかずと)というライターだ。ゴシップ誌『ダークウェブ』の専属という設定だな。名刺の所在地と代表電話番号は本物。唐釜という人物が所属しているかどうか、問合せの電話があると『そういう人物はおりますが、今は取材で不在です』と回答される」

真波が萩生に説明する。『ダークウェブ』誌は、社ぐるみで公安の『S』ということなのだと萩生は理解し、少し感心した。日本国内で萩生の所属する『防衛省中央情報隊』では、こんな真似はできない。

「君はフリーランスのカメラマン。名刺を求められたら、これを渡してくれ」

真波が合成皮革の安っぽい名刺入れを萩生に渡す。中にはカメラマンという肩書と、萩生に支給されたスマホの電話番号と『今井昭雄』という名前が書いてあるだけのシンプルな名刺が数枚入っていた。

「なるほど、『今井昭雄』ね。誰だよ？」

名刺を確認して、笑いながら萩生が言う。面白がっているようだった。

「知らん。諜報の世界では名前なんか記号だろ？」

ジャーナリストっぽく、ICレコーダーなどを用意しながら真波が答えた。

「まぁ、そうだな。そんじゃ、行きますか」

肩に食い込むストラップをゆすり上げて、萩生が言う。真波は黙って頷いて、セメント通りから入り組んだ路地に入ってゆく。

苔が腐ったような臭いとニンニクの臭いが混じったような臭気が鼻につく。真波は『天国荘』と表札が出ている、上下三部屋構成の古いアパートの前で足を止める。

「ここだ」

「まるで、昭和の時代のまま取り残されたような場所だな」

安っぽいベニアのドアの部屋が三つ並んでおり、ドアの脇には錆(さび)が浮かんだ洗濯機が置いてある。

トタンの壁は、元が何色かわからないほどくすんでいて、二階に上がる鉄製の階段はびっしりと赤錆に覆(おお)われていた。

真波が踏み抜かないかどうか試すように何度か階段で足踏みをする。振動でパラパラと錆が地面に落ちたが、まだ大丈夫そうだと判断したか、そのまま階段を上がってゆく。萩生も慎重に足元を確かめながら後に続いた。

平田の部屋は二階の一番奥だ。ドアには、かまぼこ板を乾燥させた代物(しろもの)に油性サインペンで『平田』と下手くそな字で書かれたものが釘打ちされていた。

真波がその部屋のチャイムを鳴らす。二人は耳を澄(す)ませたが、音は聞こえなかった。

ドアノブに真波が手を伸ばそうとして萩生がその肩を摑む。ボディランゲージで、ドア枠にある小さな染みを見ろと真波に指示する。

そこには、指についた液体を拭ったような痕跡があった。

真波がその染みに鼻を近づける。錆びた鉄のような臭い。血の臭いだった。

下がっていろというボディランゲージを萩生が真波に送る。真波は素直に後ろに下がった。

萩生は、見ていてじれったくなるほど慎重にドアノブを回す。

鍵はかかっていなかった。

ほんの数センチ、ドアを開けてその隙間を上から下まで観察する。

室内からは濃厚な血と糞尿の臭いが溢れ出てきて、真波は眉間に皺を寄せた。

萩生は全く気にならないようだった。そして、真波に「これを見ろ」と、身振りで示す。

そこには、テグスのような半透明の糸が張ってあり、その糸は室内に置かれた小包に繋がっていた。

萩生が、ドアをキープしつつ小さな鏡をポケットから取り出す。

その鏡をドアの隙間から差し込んで、室内の死角を観察した。

「誰もいない。平田の死体以外は」

ポケットに鏡を収めて、今度はニッパーを取り出す。

「そんなもの、持ち歩いているのか？」

真波が萩生に言う。

「ニッパーは紳士の嗜み（たしな）だろ？」

そう答えながら、萩生はテグスの張りを確かめつつ、ニッパーでそれを切った。

萩生は更に数センチだけドアを開けて室内を観察する。

「何があった？」

萩生の肩越しに室内を覗き込みつつ、真波が言う。

「雑なブービートラップさ。ドアを開けたらドカン。おそらく燃焼促進剤も仕込まれているはずなので、少なくともこの部屋は炭化だな」

真波がポケットから白い綿の手袋を出す。萩生にもそれを渡した。

「室内に指紋はつけないでくれ。私は神奈川県警が入る前にこの現場を物色する」

「ええと、危機が去ったわけじゃないんだよ。爆弾かどうか確かめる時間と、本物だったら信管を抜く時間をもらえませんかね？」

真波が萩生の抗議に顔も向けずに肩をすくめた。

「時間が惜しい」

ため息をついた萩生が、今度はビクトリノックスのマルチツールを取り出す。

これは、ナイフの他にドライバーや栓抜き、缶切り、コルク栓抜きなどが折り畳まれている優れた道具だった。

慎重な手つきで、小包の段ボールをナイフを使って切ってゆく。内部にはリード線と油粘土のブロックのようなものが見えた。Ｃ４と呼ばれる高性能の爆薬だ。

「本物だ。信管は抜いておく。あとは神奈川県警に任せるか？　水銀スイッチはなかったので、これで一応無力化できた。

真波に向かって、萩生が指示を仰いだ。

「神奈川県警とは風通しが悪い。爆弾は持って帰って解析班に渡す方がいい。何か他に情報はあるか？」

萩生が、Ｃ４に差し込んである小さな金属プレートをつまみ上げる。

そのプレートには『Go For Broke（当たって砕けろ）』という文字が刻んであった。

「爆弾を仕掛けたのが誰だかわかったよ」

「誰だ？」

「公安外事課なら知っているよな？　ＣＩＡの非公認工作部隊『４４２』だ」

真波が珍しく舌打ちした。

「くそっ！　『４４２』が東京に集結するらしいことは摑んでいた。最悪だ。もう動き出したのか……」

真波は、全裸で椅子に座らされ、切り傷だらけになっている痩（や）せた男を見下ろしていた。糞尿を垂れ流したまま死んでいる。陰茎が恐怖で縮こまっていた。

　こいつが平田だった。

「平田を拷問したのは『４４２』で間違いない」

　萩生が真波に金属プレートを渡す。そこに刻まれた『Go For Broke』は、第二次世界大戦中『第４４２連隊戦闘団』が掲げた標語である。

「彼奴（きやつ）らの中に爆弾の専門家がいる。そいつのサインだ」

　萩生が真波に解説した。真波は「知っている」と、険しい表情で頷いた。連続爆弾犯はサインを残すものだ。『ベル』が金色の小さなベルを残すように。

「ＣＩＡが日本で『ベル』を追っている。平田の情報は、珍しくジャンクではなく玉（ぎょく）だったらしい」

　真波が片手念仏を平田の死体に送ってから、部屋を物色しはじめた。

「なぁ、『４４２』が家捜（やさが）ししたなら、もう何も出てこない。さっさとズラかろうぜ」

　このボロアパート一棟丸ごと吹っ飛ばせる爆薬を小脇に抱えたまま、萩生が言う。

「平田は承認欲求の塊で、頭の悪いクズ野郎だ。同時に被害妄想でもあった」

　そう言いながら真波が床に転がっていた熊のぬいぐるみを拾い上げる。首を傾けると小さな切れ目があった。

「ノートパソコンは持ち去られたが、バックアップのＵＳＢはここにある。平田は熊のぬいぐるみという性質（タチ）じゃないからな。違和感は何か理由があるものだ」

　真波の説明を聞いて萩生が口笛を吹いた。

「さすが刑事さんだ。さ、行こうぜ」

　真波がポケットにＵＳＢを収め、ドアノブとチャイムを手袋で念入りに拭う。

「よし、帰るか」

第四章

調布(ちょうふ)市の京王(けいおう)線沿線の各駅停車しか止まらない駅近くの古びたマンションで、欠伸(あくび)をかみ殺したような顔でＴＶをザッピングしている男がいた。

ＣＩＡの非合法(イリーガル)な工作機関である『４４２』の構成員の一人、スズキだった。テーブルの上にはスプライトのペットボトルと食べかけのハンバーガーが置いてある。

ここは彼らの安全な隠れ家(セーフハウス)だった。警視庁と神奈川県警の境目に拠点を構えるのはわざとである。こうした境界は警察の風通しが悪い。

「おかしいなぁ」

スズキの独り言に、タナカが、

「何がだ？」

と、古ぼけた平田のノートパソコンのセキュリティを解除しながら応じた。応じないと、いつまでも「おかしいなぁ」をくり返すので仕方なしに。

「爆発事故の報道がされない。殺害された平田のニュースもない」

不満そうに口を尖らせたスズキは、アメリカ『第75レンジャー連隊』の爆発物処理班(EOD)出身だった。かつて、即席爆弾(IED)テロが渦巻くバグダッドで過酷な任務に就いていた。今はフィリピンで民間軍事会社の指導員をしている。

「誰だか知らないが、なかなかやるね」

まぜっ返したのはワタナベという眠そうな顔をした男だった。本当に眠いわけではなく、これが彼の素の顔だ。気の抜けたような表情だが、尋問・拷問のエキスパートで、平田の拷問を担当したのはこのワタナベだった。韓国で北朝鮮のスパイを追っていたが、『ベル』案件で日本に招聘(しょうへい)された。

「各国の諜報機関が『ベル』を追っているからな。『ベル』を探れば死ぬって都市伝説は、諜報機関同士の情報の奪い合いが理由なのかもしれねぇぜ」

ベレッタM9を分解掃除している男が、作業から目を離さないまま意見を言う。台湾で中国共産党の浸透作戦を監視していたササキという男だった。ニューヨーク市警のSWATの狙撃手という経歴を持つ。

元から日本にいたタナカをリーダーとして、爆弾の専門家スズキ、尋問の専門家ワタナベ、偵察と狙撃を担当するササキという四人が『ベル』を追跡する『442』のメンバーだった。

「いたずらで、血痕をドア枠に残したんだよな？　スズキ」

爆弾を仕掛けたあと、「ヒントがないとフェアじゃないよな」と嘯いて、指についた平田の血をドア枠に擦り付けたのはスズキだった。

「平田の情報は、今度は確度が高いって噂だったからなぁ。どこかの諜報機関が来ると思ったんだよ」

ベテランの諜報工作員なら、この血痕の意味するところがわかる。日本の警察官なら血痕の存在にも気付かないだろう。結果、建物ごと吹っ飛ぶ。スズキのいたずらは、敵を探るリトマス試験紙の側面があった。

「つまり、俺たち以外にもプロが動いているってことだ」

タナカが平田のノートパソコンのセキュリティを解除して、情報をUSBにコピーしはじめながら言う。

「神奈川県警ってわけじゃないよな?」

ベレッタM9の分解掃除を終えて、マガジンに9ミリパラベラム弾の装塡を始めたササキがぽつりと呟く。

「通報があって、真っ先に駆けつけるのは『交番のお巡りさん』だ。彼らは爆弾を見抜く訓練を受けていない」

タナカが自分のノートパソコンの電源を入れて、データを吸い出したUSBを差し込む。

「よし、これで、丸ごと平田のデータをもらった。まさか、この馬鹿が生涯最後に手にした情報が値千金の情報だったとはね」

床材も壁紙も剝がれたままのこの殺風景なマンションの一室で、タナカが笑った。

「どこから手を付ける?」

9ミリパラベラム弾を装塡し終わったマガジンを、等間隔にきちんと十二本テーブルに置いてから、ササキがタナカに質問した。

「二班に分かれよう。ワタナベとササキは『ベル』を追え。平田の情報仕入先の一覧をスマホに送っておく。俺とスズキは、正体不明の競合組織の排除。そいつらは情報を吐き出させたあとで殺す」

打合せしながら全員が、白ワイシャツにノーネクタイという姿になる。腰の裏にベレッタM9が収まったヒップホルスターをつけ、くたびれた背広を羽織る。この姿は、東京都心では最良の都市迷彩だった。

その背広のポケットに各人がマガジンを三本突っ込む。

ササキが防諜処理されたスマホのリストをスワイプしながら、「中東関係が多いな」と呟く。狙撃手でもあるササキは大声は出さず、物静かにしゃべる癖がついている。

「平田は中東ゲリラ組織の身代金ビジネスの片棒を担いでいたからな」

ササキの相棒となるワタナベが、のんびりとした口調で応えた。

「奴ら結束が固いから、面倒くせぇ。誰か拉致するか」

ササキの呟きに、ワタナベが渋面をつくった。

「お勧めしない。あいつら苦痛や困難を宗教的な恍惚に昇華しやがるからな」

「だが、『ベル』の正体も標的もわからん。のんびりやるわけにもいかんぞ」

ササキの言葉に、ワタナベがため息をついて肩を落とす。

「俺はあいつらの壊し方を知っている。壊れる瞬間、なんだか哀れで心が痛む」

「拷問のプロがよく言うぜ。サクサクと平田を壊したくせに」

「高潔な戦士が壊れる悲哀は、胸が痛むって話だ。平田みたいな馬鹿は、どうでもいいんだよ」


ササキとワタナベと別行動をとったタナカとスズキは、川崎に向かっていた。平田が住んでいたアパート『天国荘』は住宅街にある。近くにコンビニエンスストアもないので、防犯カメラの映像が手に入らない。

なので、タナカとスズキは近くにCCDカメラを仕掛けておいた。誰が平田を訪ねるか、念のために監視しておこうと思ったのだ。

それを回収するために再び川崎に来ていた。妨害電波対策で、映像は内蔵メモリに蓄積される形式で、郵便受けに偽装していた。

スズキが、偽造運転免許証で借りたレンタカーに寄りかかり、ベレッタＭ９を服で隠しながら待つなか、タナカがＣＣＤカメラを回収する。

川崎市内を離れ、多摩川に沿って遡上し、登戸でレンタカーを路上駐車した。

そこで、車の内部を希釈した塩素で清拭して乗り捨て、小田急線に乗った。

レンタカーはそのまま返却せずに放置である。もともと偽の運転免許証だ。契約違反もくそもない。

二人は狛江駅で降りて、今度は京王バスに乗る。

「この『スイカ』ってやつは便利だな」

スズキがＪＲ東日本のＩＣ乗車カードをポケットにしまいながら言う。

規制される前に、タナカが大量に取得しておいた無記名式のカードなので、クレジットカードと違って使用履歴が残らず、クレジットカード並みに支払いに使える。公共交通機関もこれ一枚で使えた。

「諜報機関には住みやすい国だよ。ただし、住んでいると腕が鈍るぞ。ここは、お花畑すぎる」

ＣＣＤカメラから抜き取ったＳＤカードを、タナカがスマホに差し込む。スズキはタナカの肩越しに映像を見ている。

動体探知機が付いているので、誰かが通れば自動的に動く仕組みだが、タナカたちが平田を襲撃し拷問にかけた数時間後に、男が二人、平田の部屋を訪問したことがわかった。

ジュラルミン製のカメラケースを持った髭の男と、黒縁眼鏡の平凡な顔つきの男の二人組だ。

「何者だ？」

髭の男が眼鏡の男を制止して、ドアのブービートラップを解除する様子をＣＣＤカメラは捉えていた。

まさか、こんな光景を見ることができるとは――。タナカは、刺激の少ない日本勤務において今、久しぶりに胸を昂らせていた。アドレナリンが走るのを感じている。

「ああ、畜生。俺の爆弾が……」

段ボール箱を小脇に抱えている髭の男を見て、スズキが罵る。

彼らが去り、次にＣＣＤカメラが捉えたのは、神奈川県警のパトカーと制服警官たちだった。ここから先はもう見る価値がない。

「平田の死体は見つかったようだな。さっきの二人組が通報したらしい。ニュースには乗ったか？」

画像再生を終了させながらタナカが言う。

「ニュースサイトには、どこにも平田のことは記載されていないぜ」

自分のスマホでニュースサイトをザッピングしてスズキが答えた。

「警察とマスコミで報道協定を結んだな。重大な事件性ありと判断したようだ」

タナカの言葉にスズキが鼻で笑う。

「日本のお巡りさんに、何ができる。平和ボケした羊の群れを守る平和ボケした牧羊犬じゃねぇか。それより、この二人だ」

タナカが目を細めて、巻き戻して静止画像にした二人の画像を見る。微かな笑みが、何も特徴がないタナカの頬を刷(は)いた。

「殺人者の血が騒ぐかよ、タナカ」

「人を殺しても無罪放免。しかも、国に役立ったと褒められる。いい仕事だよ」

▽▽▽

ワシーリのスタッフにはそれぞれ役目がある。『ベル』が活動するための訓練を受け、その道のエキスパートであった。

ホームセンターでワシーリと買い出しに出かけたイワン・コルツォは、弾薬と爆薬を受け持っていた。

元は日本の高校に相当する『中等普通教育』の化学担当の教師だったが、ロシアンマフィアに脅迫されて合成麻薬を作った時から、イワンの人生の歯車は狂ってしまった。

『ロシア連邦麻薬流通監督庁』に検挙されたイワンは、ロシアンマフィアの内部情報を流す『S』に仕立て上げられてしまっていた。

『ロシア連邦麻薬流通監督庁』は、ワシーリが所属していた『ロシア対外情報庁』と同じく、諜報機関である『ロシア連邦保安庁』の下部組織であり、警察組織というよりは諜報機関の色合いが濃い。

対外浸透作戦計画が持ち上がった時、各諜報機関で協働体制がとられた際、イワンはワシーリの下についた……という経緯であった。

家族と親戚を人質にとるのはロシアの諜報機関の伝統だが、ワシーリはその技法を使わなかった。

マフィア相手に潜入捜査を強要させられているイワンの家族を海外に逃がして、その所在を隠蔽(いんぺい)したのだ。

「極力『S』の安全に留意せよ」

という、メスチェラーク家の伝統に従ったのだが、これでワシーリのチームの結束は固まった。ロシアからの離反を決意した際に、全員がワシーリについていったのはこれが背景であった。

イワンは、ロシアから離れてマフィアのスパイをしなくてよくなり、安心して眠れるようになった。夜中に泣きながら飛び起きることもなくなった。

ワシーリには感謝しかない。こっそり家族と交信することもできる。そんなイワンからのワシーリへの報恩は、化学知識の提供である。

化学の知識を持っていれば、ホームセンターで買い集めた材料を配合すると、「発明者は不明だが採掘現場などで広く使われている火薬」を作ることができた。

この火薬は『ベル』が使用する爆弾に使われる。また、銃弾にも使われた。火薬に伝爆するための雷管が必要になるが、爆弾には電気発火装置、銃弾には花火を使った。全て市販品で簡単に入手できる。

その工場が、イワンの手によって『ベル』のセーフハウスである『弐腹集落』の公民館の一室に作られていた。イワンは『夜の魔女』のためには整備士、『ベル』のためには火薬作りという顔があった。

器具はコンサート用の機材に偽装してコンテナにバラして持ち込まれており、その組み立てはすでに完了している。

今はフィジカルなトレーニングと楽曲の練習だけを行っている『ベル』の五人だが、射撃訓練もしなければならない。そのためには、火薬の生産と銃弾作りが急務だった。

溶かした鉛(なまり)を使って弾頭も作らなければならない。空薬莢(からやっきょう)に、雷管と火薬を詰めて弾頭を嵌め込むハンドロードの作業も進めなければならなかった。

イワンとその部下アレクセイとボリスは熟練した職人だった。ひたすら、火薬と銃弾作りに専念している。

ワシーリのチームの最年長は、エルマークという男だった。彼はプライベートジェットの整備士で息子のニコライと組んでいる。

本業は銃の密造で、銃の入手が困難な日本のような国で『ベル』が使用する銃は彼らのハンドメイドによるものだ。

コンサートの機材に短機関銃と拳銃の部品が紛れ込ませてある。短機関銃は、第二次世界大戦時にイギリス軍が使った『ステンマークⅡ』をサンプルにした代物で、これが『ベル』の主武装になる。部品数が少なく単純な構造だからである。

実際の『ステンマークⅡ』は、給弾不良(ジャム)が多かったが、これはマガジンキャッチのガタつきによる。そこでエルマークは弾倉を固定し、薬室から装弾子(クリップ)で繋がった弾を押し込む方式にしている。チーム内では『狐』を意味する『リサー』という愛称がつけられていた。

拳銃は旧日本軍の『南部十四年式拳銃』をサンプルに作っている。この拳銃はグリップにハンマースプリングを内蔵しないですむ『コック・オン・クロージング』方式で設計されているため、手が華奢（きゃしゃ）な『夜の魔女』メンバーでも楽に操作できるというのが理由だった。愛称は『栗鼠（リス）』を意味する『ビェーウカ』である。

　この二種類の銃器は、すでに組み立てが終わっていて、エルマーク親子によって完璧に仕上げてあった。

　今、彼ら親子はイワンの手伝いで、『リサー』と『ビェーウカ』の共通の弾丸である9ミリパラベラム弾のハンドロードをしていた。

　ワシーリは、護衛担当のミーチャとエレノワとともに、テロの計画を立てている。テロの依頼者はイランの工作機関『道場（ズールハーネ）』。これは現地の言葉で『力の家』という意味で、日本語だと『道場』に意味が近い。

　この『道場』は、一九九八年に体制に批判的な海外在住の作家やジャーナリスト三名を殺害し、同年表向きは解散している。実態は別の団体に潜伏して生き残っており、日本では『イラン日本交流機構（IJRO）』に潜伏している。

　標的は、早稲田（わせだ）大学の大隈（おおくま）記念講堂の小講堂で開催される『世界平和のための十ヶ条』という講演会の演者で、元・アメリカ国防総省次官補のディビッド・C・ミラーだ。

　アメリカ……というよりCIAは、『シュミット事務次官補暗殺事件』を防げなかったことで、怒り心頭になっており、下手人である『ベル』をやっきになって追跡していた。

　同時に、暗殺の依頼者である中東の精神的な支柱とされる指導者たちへの圧力を高めており、各国で行われている中東を悪者にしたプロパガンダに似たキャンペーンは、嫌がらせである。

ミラーはアメリカのスポークスマンのような役割だ。

中東の指導者たちも、この嫌がらせには反撃に出ていた。爆弾テロである。

現職の政府関係者に複数の犠牲者が出ており、ＣＩＡも更に態度を硬化させていた。まるで、泥仕合だった。

テロの標的として、ミラーは現職ではないので、優先順位は低い。

それでも、衆人環視のなか、テロとは無縁だった日本で無様に殺されるところを、報道させることに意義があると中東の指導者たちは思っていた。

「小物でも許さん」

という意思表示だ。

窓口は『イラン日本交流機構』の外交部長タウフィーク・アフマド・ヒダヤットという人物。彼は歴戦の諜報員で、『戦士（フェダーイン）』と呼ばれる工作員の元締めでもあった。

　ワシーリがヒダヤットから受けた条件は、

「一切本国とは関係ないものとする。仮に発覚した場合はヒダヤットの独断でやったこととする」

「万が一『ベル』が検挙された場合でも、当局は一切関知しない」

「依頼金以外、物資、人員の提供はないものとする」

だった。『戦士』は勇猛果敢だが、殉教的な恍惚(こうこつ)感がその原動力だ。犯行声明無きテロなど士気は上がらない。協力は最小限とする。

ワシーリはその条件を受けた。

偽装して、潜伏して、襲って、いつの間にか消える。『ベル』のやることは変わらないからだ。

▽▽▽

真波と萩生は目黒に帰ってきた。

真波は『公安機動捜査隊』の爆弾解析班に、萩生が解体したＣ４爆弾を委ねた。

『当たって砕けろ』のプレートを見て、爆弾解析班全員の表情が曇る。

ＣＩＡの非合法工作機関『４４２』が乱暴な作戦を平気で行うことを彼らは知っているのだ。

真波は三階の『特別作業班』で、ノートパソコンを起動させ、平田のバックアップデータをコピーした。佐藤と網野にそのデータを転送し、

「平田の遺品だ。何があるか、ゴミ攫いを頼む」

と指示を出す。佐藤と網野が親指を立てて真波に応えた。

「さてと、こっちは手持ちの情報のすり合わせをしようか」

いつの間にか『特別作業班』に置かれたコーヒーサーバーから紙コップに一杯分のコーヒーを入れて、真波が自分のデスクについた。

　このコーヒーサーバーは、カフェイン中毒の佐藤が導入したものだ。萩生も自分用に一杯手に取り、デスクにつく。

「今手掛けている案件は、初めから外事第四課指定での調査依頼だった。そして、防衛省からは中東に詳しい人物が出向してきた。更には、中東の人質ビジネスの反社会的な組織とコネがあるペテン師の平田は殺された。全部、気に入らない」

　真波が伊達眼鏡を外して目頭を揉む。萩生は微笑をたたえたまま、コーヒーを口に含む。

「まぁ、情報共有は、今回の協働に含まれているんで、知っていることは話すよ」

　萩生が、真波にどうぞと身振りで促す。真波は険しい表情のままコーヒーを飲み干して、紙コップをゴミ箱に捨てた。

「君が、ここに派遣された理由を知りたい。背景はなんだ?」

問われた萩生が、鼻の頭を指で掻いて、考えをまとめるようにしばし沈黙した。彼の脳裏には、赤いキャンディの包み紙を握った小さな子供の手が浮かんでいた。

「発端は、アメリカ軍による誤爆だ」

萩生が話しはじめる。作業の手を止めずに佐藤と網野も耳を傾けていた。真波は目をつぶったまま、萩生の言葉を聞いている。

「一部の武装テロ組織は、スパイを使ってアメリカ軍に偽の情報を流して、何の罪もない一般市民の住宅を爆撃させる。それでアメリカ軍を悪役にして市民の義憤を駆り立て、若者の志願者を募る作戦だ。俺はその手口を観察する任務だった」

日本でどんなテロが起きるかわからない。今起きているテロの手口を自衛隊が収集しているという噂は、外事課の中にもあった。

「貧しい人たち。難民。まつろわぬ者。こうした人々が集まっている場所が、偽のゲリラ拠点として選ばれ通報された。アメリカ軍はまんまと騙されて爆撃したわけだ」

萩生がキャンディを配っていたのが、そういった場所だった。彼が吹っ飛ばされたのも、そこである。

「アメリカ軍への憎悪をかき立てるために選ばれた犠牲だよ。事実、ゲリラ組織への志願兵は誤爆後に増える傾向にあった」

吐き気を覚えて、萩生が冷めてしまったコーヒーを飲み干した。気管に入ったふりをして咳払いをする。不意に浮かんだ動揺を誤魔化すためだ。

『瓦礫から引っ張り出した手は肘から先がなかった』

その映像が萩生の脳裏に浮かんで、消えた。

「自国民に知られてはいけない誤爆作戦だが、問題が発生した」

空になった紙コップを萩生が握り潰す。

「ボランティアで戦災孤児や負傷者への炊き出しをやっていたグループの全員が誤爆によって死んでしまったんだ」

萩生とも顔見知りになっていたグループだった。萩生の真似をして、お菓子を配ったりするようになっていて、会えば挨拶を言う程度には仲良くなっていた。

彼ら彼女らは、裕福な一族の子弟で、若者らしい潔癖さで、荒れ果ててしまった故郷を本気で憂えていた。

「精神的支柱と呼ばれる、名家である中東の指導者たちの息子や娘もいたんだ。このあたりの情勢は報道もされていたので知っているだろ？」

真波が瞑目したまま頷く。萩生が続けた。

「この一件で、一気に反米感情が高まってしまった。ゲリラ組織への志願者も増え、欧米でのテロも増えた。火遊びしていたら野火にまで発展して、山火事になって制御できなくなったというところか」

極秘に作戦を遂行していた組織は、名乗りを上げることができなくなってしまった。

この事態を収めるため、落としどころを探っていたアメリカの政府高官が暗殺されている。この暗殺は息子や娘を誤爆で殺された有力者たちが大枚をはたいて一流の暗殺者『ベル』を雇ったのである。

結果、アメリカの面子は潰されＣＩＡが報復に動いている。各国で行われる平和条約検討会議も、アメリカによる報復的な包囲網の一環である。

真波がこめかみを揉んでいた。怒っている時の彼の癖だった。

「で、これが日本に飛び火か？」

「そうだ」

「上は、中東が発端だとわかっていたんだな？」

「そうなるな」

真波の脳裏に、外事第四課長の古柳の人の好さそうな顔が浮かぶ。全部知っていて真波に押し付けたのだと気付くと、腸(はらわた)が煮えた。

「海外現地の情報は、とてもありがたい。礼を言う」

真波が素直に萩生に頭を下げた。萩生が「気にするな」と手をひらひらと振った。

「ＣＩＡが『４４２』を投入し、我々は一歩遅れた。すでに一般市民の巻き添えが出ている。萩生が爆弾に気付かなかったら、もっと犠牲は増えていただろう」

　真波が佐藤を見る。佐藤はパソコンのデータを、壁に掛けてあるモニターに表示させた。

「即応できると予測される『４４２』のメンバーを二名ピックアップしておきました。残念ながら顔写真と、現在使用している名前は不明です」

　望遠で撮られた写真は、極限まで拡大されていて粒子が荒い。それにキャップを目深（まぶか）にかぶっていて、マスクまでしている。

「この男は、日本に潜伏していて、外事課で共有されている人物です。近接戦闘や小火器の扱いが巧（たくみ）で多くの暗殺事案に加担しています。今後は仮に『殺人者（キラー）』と呼びます。もう一人は……」

　モニターの画面が切り替わり、フィリピンの空港らしい場所で足早に歩くカンカン帽にアロハと短パンの男の防犯カメラ映像が映された。やはり粒子が荒く、帽子で表情が隠れている。

　静止画像に切り替わり、男の頭部がズームされる。

「コイツの耳を見てください。ケロイド状の小さな火傷（やけど）があるのがわかりますか？」

　佐藤の言葉に全員がモニターに注目した。たしかに、言われてみれば火傷の痕（あと）のように見えた。

「萩生さんが解体した爆弾はフィリピンを活動拠点にしているコイツが作ったものです。『当たって砕けろ』の金属プレートをサインとして残します。今後は仮に『爆弾魔（ボマー）』と呼びます」

真波と萩生のスマホに、『殺人者』と『爆弾魔』のデータが送られてくる。

「あと何人が作戦行動に従事しているかは不明です。引き続き動静を探ります」

佐藤の報告が終わると、網野がモニターに資料を映した。

「東京近郊在住の中東系『S』の一覧です」

外事第四課にとっては、最重要で秘中の秘ともいえる情報を、部外者に見せるのは初めてであった。萩生を身内と認めた証だ。

「東京を離れる『S』が多いです。店を構えている者では、店を畳むケースも出てきました。良くない傾向です」

おそらく『442』が投入されたという噂が流れたのだろう。日本人と区別がつかない彼らの存在は恐怖でしかない。

「何人か、予備調査で動向を問い合わせてみましたが、異様に口が堅い。慎重に信頼関係を築いてきた我々に対しても……です」

真波が険しい顔で一覧を睨（にら）む。

「萩生の情報提供で、発火元はイランと見ていい。聞き込みはイラン系に絞ろう。リスト化を頼む」

「了解です」

　こうした国内の情報蓄積は、自衛隊では無理だ。捜査権、逮捕権がある警察とは違う。

「役に立つかどうかわからんが『中央情報隊』のデータもこちらに転送するよう頼んでみる。網野さん宛てでいいか？」

　網野が愛想笑いではない笑みを浮かべ、

「助かります」

　と答えた。真波がチラッと腕時計を見た。時刻は十六時を示していた。

「続々と『S』が逃げているなら、時間が惜しい。適当に腹ごしらえをして三十分後に出発するが、いいか？」

　萩生に真波が言う。萩生に否(いな)やはなかった。

「この間に、本隊に連絡をとっておくよ」

「着替えを持ってきているなら、シャワーブースも使っていい。場所は佐藤、君が案内してやってくれ。ついでに宿直用の仮眠室も」

　佐藤が席を立って萩生を手招きする。

「了解です。萩生さんご案内します。ところで、萩生さんは『霊感』ってありますか？」

萩生が佐藤の言葉に苦笑を浮かべた。

「生憎と全くないんだよね。でも、自衛隊にも多いよ、この類の話」

網野が呆れた顔で佐藤を見る。小声で「やめろよなぁ」と呟いた。

「知ってます。好きなんですよ怪談。実は、ここも出るんですよ」

佐藤が笑いながら部屋を出てゆく。萩生がその後に続いた。

その背中を見送った真波は、私物のスマホを取り出して自宅をコールした。不安気な声の女性に、今日も帰れないことを伝える。そして、

「ジョセ。彼女を守ってやってくれ」

と、いつものように声をかけた。

網野はそんな真波を見ないようにしてくれていた。

「裕子さん、まだ外に出られないんですか？」

「無理のようだ」

私物のスマホを内ポケットに収めながら真波が答える。

「買い出し、私がしておきましょうか？」

網野の提案に、真波は首を振った。

「ありがとう。だが自分でやるよ。ジョセにも会いたいしね」

第五章

まだ東京を離れていない『S』のリストを頭の中に構築しながら、真波は恵比寿駅の駅ビルで買い物をして、徒歩五分ほどのマンションに向かった。

彼が自宅代わりにしているこのマンションの何室かは、公安のセーフハウスだ。その一室は現在、真波に貸与されている。

同行する萩生は、居心地悪そうな顔をして後についてくる。他人のプライベートに立ち入るのが嫌いだし、トイレットペーパーなどの生活用品を抱えて歩くのも、嫌いだったからだ。

真波は、トートバッグにパックご飯やレトルト食品、缶詰などのほか、いわゆるカリカリと呼ばれる猫の餌とトイレ用のデオドラント砂を抱えている。

「猫、飼っているのか？」

萩生がずり落ちそうになる五個入りのティッシュボックスを抱え直しながら言った。

「私は『飼う』という言葉は好きではない。まぁ、『同居』だな」

真波がマンションエントランスのセキュリティ・カードをリーダーにかざして、内部に入る。

ホテルのようなフロントがあり、コンシェルジュの女性が真波と萩生に黙礼した。

「いいとこ住んでるなぁ」

人工大理石の床や、高い採光の窓や、何を描いているかわからない巨大な抽象画を眺めながら、萩生が感心したように言い、小声でこう付け足した。

「そして、武装したコンシェルジュとはね」

真波が浅く笑う。

「さすがだな。銃を携行しているのに気が付いたか。保護しないと命の危険がある証人を匿うのに使っているので、彼女は護衛なんだ。公安の警察官だよ」

エレベーターで四階に行き、四〇四号室のドアホンのボタンを真波が押す。チャイムが鳴っているのはわかるが、返事はない。構わず、真波はマイクに向かって話した。

「裕子さん、私です。友人を一名帯同していますが、同僚です。開けてください」

ドアホンは無音のまま、ドアチェーンとロックが外れる音が聞こえた。

真波がドアノブを捻り、ゆっくりと開ける。玄関には、白いワンピースを着た長い黒髪の女性の姿があった。神経質に爪を嚙んでいる。肌は透けるように白く、鼻筋が通っていて、切れ長の目が印象的な美しい女性だった。

「紹介します。同僚の萩生君です」

真波が囁くように小さな声で、萩生を紹介する。

「はじめまして、萩生です」

普通にしゃべったつもりだったが、萩生の声は彼女には大きかったようで、怯えた顔をして掌で両耳を塞いだ。

「もっと、小さな声で。彼女は過敏なんです」

動揺する萩生に真波が説明する。声を出すのを恐れて萩生は頷いた。

「生活用品を持ってきました。萩生君が手伝ってくれたのです。玄関に置いておきます。ではまた、電話しますね」

小さく震えて耳を塞いでいる女性にそう言って、真波と萩生は退散した。

廊下に出ると、ロックする音とチェーンロックを嵌める音が聞こえた。

真波がドアに背を預けて、大きなため息をついた。

「彼女の名前は、越野裕子さん。元は優秀な公安の『S』だった」

歩きながら、ポツポツと真波が説明する。

「彼女は、アラビア語、ペルシャ語、ヘブライ語、トルコ語、クルド語に精通する言語学者で、通訳でもあった」

通訳を『S』に仕立てるのは、外事課の常套(じょうとう)手段だった。いわゆる『合法的協力者(リーガルヒューミント)』という存在だ。

「私のミスで彼女は、過激派ゲリラの手に落ちてしまった。救出までは、一ヶ月弱の時間を要した」

淡々と語る真波の背中に、怒りと後悔が透けて見えた。越野裕子という女性が体験したという一ヶ月間の地獄は、現地生活が長い萩生には想像できた。

中東では婚外の性交渉を禁じる厳しい戒律があり、性犯罪が起きにくい土壌がある。

例外は、深刻な人権侵害で国際的にも問題になったテロ組織で、そこでは拉致された異教徒の女性を組織的に性暴力に晒(さら)していた。

功を挙げた構成員に、褒美として女性を奴隷として与えるなどの反吐(へど)が出るようなことも公然と行われていたらしい。

「今でも、裕子さんは『拉致されるかもしれない』と怯えている。ずっと、あの地獄に囚われているのだ。これは、私の責任だ」

武装したコンシェルジュの女性に見送られて、インプレッサに戻る。

「知られたくないことなら、無理して俺に話さなくていいんだぜ」

助手席でシートベルトをつけながら、萩生が真波を気遣う。

「いや、いずれ君も知ることになる。私の大きな失策は秘密でもなんでもないからね。こういうのは、早い方がいい」


それ以上、越野裕子の話はせず、真波は殺害された平田のＵＳＢのデータから佐藤が作ったリストに従って、外事第四課に協力的な『Ｓ』に片っ端から連絡をとった。佐藤から予め言われていた通り、彼らは一様に口が重く、ほとんどが東京から離れる動きをしている。

なるべく現地と摩擦をなくし、平穏に暮らしたいという考えを持つ派閥のコミュニティほど、その傾向は顕著だった。

「穏健派が東京から逃げている。これは、一つのサインと見るべきだな」

何度目かの空振りに、疲労の色を見せながら真波がこう結論付けた。萩生も同意見であった。

公安のセーフハウスに生活用品を届けてから数時間が経過し、時刻はすでに深夜に差し掛かろうとしている。

今は江東区にある木場公園の隣、東京都現代美術館の近くにインプレッサを停めて休憩している。

「アプローチの仕方を変えた方がいいかもしれないな。まぁ、俺は捜査のプロじゃないので、助言はできないが」

萩生の言葉を受けて、真波が自分の首をマッサージした。

「平田が、中東系の情報提供者から何かヤバめの情報を摑んだのは確かだ。本人がその価値を知っていたかどうかは知らんが、それで彼奴(きやつ)は殺された」

頭の中を整理するように、真波が呟く。こういう時は、邪魔してはいけない。萩生はだまって耳を傾けた。

「平田が死ななければならなかったということは、『442』は彼奴の持っている情報の確度が高いと信じていたことになる。ソースは総力をあげて『ベル』を追っているCIAだと思う。何を摑んだ？」

真波の指が、コツコツとハンドルを指で叩く。

「直近で起きたテロ事案は、お忍びでイランを訪問していた事務次官補の暗殺だ。それで面子を潰されたCIAが下手人である『ベル』を追っている」

真波たち作業班の主目的は、『ベル』が引き起こすであろうテロや暗殺を阻止すること。『442』は『ベル』の殺害。似ているようで、全く違う。

「よし。『ベル』を追うことで、テロの標的を特定するのはやめよう」

真波が宣言する。萩生は頷いて先を促した。

「中東の有力者が『ベル』との交渉の窓口とした人物を洗い出し、彼らの動きを観察することでテロの糸口を探ろう」

　萩生が頷きやっと口を挟む。

「存在すらわからない『ベル』を追うには時間がない……概(おおむ)ね同意だったが、どうやる?」

　グローブボックスから、真波が飲みかけのペットボトルのお茶を取り出して、少し飲んだ。

「東京に居残る動きのコミュニティに絞って監視する。網野のドローンの出番だ。そのうえで、現場を『かき回す』。そうすることで、澱(おり)に沈んでいた何かが浮かび上がることもある」

　萩生が首を振った。

「すまん、全く見当がつかんのだが?」

　真波が浅く笑った。

「拘留中の不良外国人を使う。東京脱出の動きが出たのが二週間前なので、それより以前に逮捕された奴だな」

「なるほど、空気の読めない馬鹿を東京に放って、ソイツを粛清(しゅくせい)に動く奴らが『ベル』にテロを依頼した連中ってことか。だが、そいつは下手すると殺されちまうぞ」

真波が肩をすくめる。

「日本に来てから麻薬密売とレイプしかしていない悪党だ。どうなろうと、知ったことではないね」

火薬と銃弾の量産態勢が整い、『ベル』たちは、実弾演習にフェーズが移行した。

爆弾の製造も始まったが、圧力釜を利用した粗悪なもので、これは暗殺に使うというより、攪乱（かくらん）が用途だった。

なるべく広く破片を飛散させ、負傷者を増やす目的で作られる。ボストンマラソンの際の左派のテロで使われたものと同じタイプだ。

ナターリア・メクリンが爆弾作り担当なのだが、彼女は爆弾を一種の芸術品と捉えていて、こんな下品な爆弾を作るのは不満だった。せっかく日本に来たのに、ラーメンを食べられないことにも不満が溜まっていた。

「この『狐（リサー）』を使うのも久しぶりだね」

左手で銃から横に突き出した弾倉を掴み、棒と肩当だけで構成される銃床（ストック）を肩に当てて安定させ、単発射撃で作動確認をしているのはヴェーラ・ベリクだった。彼女は『狐』が大好きなのだ。

「相変わらず『栗鼠(ビエーウカ)』は、反動が軽くて使いやすい」

秋葉原でアニメグッズを買う夢が断たれて、放心状態だったポリーナ・ゲルマンがようやく気持ちを切り替えて、ハンドガンの調整に取り組んでいた。一見東洋人に見える彼女は、器用に二丁拳銃を操る。ドラムの練習のおかげで、両手を別々に動かすのが得意なのだった。

愛用のナイフが手元に戻ってきて上機嫌なのは、ダークブルーに髪を染めたルフィーナ・ガシェワで、黄色い熊の巨大なぬいぐるみ相手に、ナイフで人間の急所にあたる部分を斬り、そして刺している。左右に持ち手を変え、逆手・順手に器用にくるくると持ち替える。まるで曲芸だった。

彼女らのリーダー格であるタチアナ・マカロワは、ワシーリと額を突き合わせて、作戦計画を立てていた。

ワシーリは、彼女に実際の襲撃だけではなく、組織全体の企画立案や組織のマネージメントに積極的に関わらせている。幹部教育だった。

「ここの中国人が、我々の内情を探っている動きがある。『ベル』が五人組の女性とはバレてはいないようだが、外出は控(ひか)えてくれ」

　プランAからCまで作ったところで、ワシーリは休憩に入った。あとは撤収と後始末だが、ワシーリの言葉で、タチアナはセーフハウス運用の中国人を信用に値しないと彼が考えていることを悟った。

「彼らは、契約期間を終えると、情報を金に換えるって、パーパは思っているの？」

「この国には『金の切れ目が縁の切れ目』という言葉があるそうだ」

　ワシーリの後ろに回って、彼の肩を揉む。肩はガチガチに凝っている。

「撤収と後始末のプランを立てておくから、パーパは休んだ方がいいよ」

　マッサージに満足気な呻きをあげながらワシーリは、

「日本での仕事は、今後あまりないと思う。防諜の仕組みもなく警戒心の欠片もない馬鹿な羊の群れだ。『ベル』でなくてもテロは容易だからな。後腐れないように、ここの中国人も皆殺しでいい。多少乱暴な作戦でも大丈夫だ」

　と、助言した。

「計画立ててみるから、チェックしてね。疲れ果てているみたいだから、パーパが心配だよ」

　タチアナがワシーリの頬に自分の頬を寄せて、匂いを嗅ぐ。鞣した革みたいな匂いが微かにした。タチアナは頭がくらくらするほどそれが好きだった。

「楽なわりに高額な報酬が出る。日本での仕事が終わったらバカンスにしよう。場所は可愛い狼たちに任せるよ」

　タチアナが更に頬を寄せて甘えながら、

「パーパが決めていいよ」

と言う。まるで狼が身を擦(こす)り付けて群れの『アルファ』に甘えるかのように。

「ロシアとその周辺国以外なら、どこでもいい」

　狼は序列がはっきりしていて、群れのリーダーである『アルファ』に甘えるのは次席の特権だった。タチアナの態度はそれに似ていた。

　序列三位である、ダークブルーの髪のナイフ使いのルフィーナが、タチアナに嫉妬するのも、狼の群れの社会性と酷似している。

　ルフィーナはタチアナを「ファザコン」と小馬鹿にするが、それは羨ましさの表れなのだ。

「痛！『狐』は使いやすいけどリロードが難点よね」

　機関銃を調整していたヴェーラが、『狐』を小脇に抱えて指をしゃぶる。

『ステンマークⅡ』をモデルに『狐』は作られているが、このステン短機関銃は横に突き出たマガジンを摑んで保持すると、マガジンの嵌め込みが甘い場合はガタついて給弾不良(ジャム)を起こす。フルオートで射撃する場合は致命的だ。

　そのため、『狐』は、固定の弾倉にして装弾子(クリップ)でまとめた弾を遊底(ゆうてい)から一気に押し込む方式にしている。この装填時、親指が遊底に挟まれて血豆になることがあった。

ヴェーラは、ギターの演奏時に指のタッチが変わってしまうので、小さな怪我もしたくないと思っているのだった。

「構造上の欠陥だ。申し訳ない、ヴェーラ。手袋で指を守っておくれ」

すまなそうに、銃職人（ガンスミス）のエルマークが頭を下げる。ヴェーラは慌てて手を振った。

「エルマークおじいちゃんを責めているわけじゃないの。あたしが気をつければいいだけだから」

仲の良い二人がじゃれているのを横目に、ポリーナは、目視なしで両手二丁の『栗鼠』で別々の標的を射撃していて、その結果をチェックしていた。円形の標的紙の中央にある五センチの丸に着弾痕は集中していた。

「完璧。レヴィを越えたね」

そんな言葉を呟く。彼女が好きな日本のアニメーションの二丁拳銃使いのキャラクターの名前を出して、拳銃弾のグルーピングにご満悦だった。

彼女らはフィジカルを鍛え、戦闘能力を高め、準備を着々と整えてゆく。湿度が高い日本の気候にも慣れてきたようだった。

▽▽▽

夕刻。代々木公園脇の井の頭通り。代々木公園サービスセンター近くに路上駐車をしているコンパクトミニバン『ルーミー』の中に二人の男の姿があった。

タナカ・スズキ組と別行動となった『442』工作員のササキとワタナベである。

彼らは、平田の情報提供者リストから『ベル』に仕事を仲介した幹部を特定することによって、謎の暗殺者『ベル』に肉薄しようとしていた。

各国の捜査機関や諜報機関がこれに挑戦し、不審死を遂げている。だが、二人はそんなことは気にしていなかった。

オカルトは全く信じていないし、何者かの妨害工作ならば跳ね返す自信もあった。特に尋問の専門家であるワタナベは、誰か一人でも関係者を捕らえることができれば、芋づる式に背後を洗い出すことができると考えている。

「平田の馬鹿の協力者のうち、ムスリム以外を除外。直近でアメリカにネガティブな感情を持っている組織以外を除外。残ったのが、これだ」

ワタナベがササキにタブレットの画面を見せる。そこには、『イラン情報省外部局』の非合法(イリーガル)な特務機関『道場(ズールハーネ)』の組織図が書かれてあった。

「ズールハーネ？　海外在住の体制に批判的な作家を殺害した『【覇王の詩】事件』で国際的な批判を受けて解散したんじゃなかったか？」

ササキの質問に、相変わらず眠そうな顔でワタナベが答える。

「地下に潜っただけだ。汚い仕事をする奴は必要だからな。日本にも支部があるらしいぜ」

ササキが鼻で笑う。

「日本に『道場』が必要か？」

「スパイを取り締まる法すらない諜報天国のわりに、インフラがしっかりしている。先進国で技術も情報も集まる。見逃す手はないよ」

ワタナベがそう答えながら、タブレットを操作する。どこかの建造物の映像が映し出される。ライブ映像らしかった。道路の様子から都心であることはわかったが、意外と緑が多い場所だ。

「日本滞在が長いタナカに教わった。ある国で作られた監視カメラは、データ漏洩(ろうえい)防止プログラムに必ずバックドアが付いているんだよ。ハッキングすれば覗き放題だ」

ササキがため息をついて、自分の首筋を揉みながら吐き捨てる。

「他国のことながら、心配になるよ」

ワタナベが小馬鹿にしたように笑った。

「あちら製のパソコンにインストールされているセキュリティソフトもバックドア付きだろ？　アメリカじゃ公共機関では使用禁止になったが、日本じゃ野放しだ」

ワタナベからタブレットを受け取り、ササキがしげしげと画像を見る。

「で、これはどこよ？」

前方をワタナベが指さす。公園の緑を借景（しゃっけい）にした三階建てのオフィスビルが見えた。

画像はこのビルを映したものらしい。

「すぐそこの映像だ。真向かいにあるフラワーショップの防犯カメラの映像を覗かせてもらっている」

ビルの入り口に看板がある。そこには『イラン日本交流機構（IJRO）』と書いてあった。

「日本との交流イベントや、文化紹介、通訳の派遣など、極めて真面目（まじめ）で穏健な組織なんだが、ここに『道場』の諜報員がいるらしい。多分、機構側も諜報員が潜入していることは知らないと思う」

何年もかけて、地域コミュニティに溶け込み、その裏で現地の人間をスカウトして工作員に養成するのは、諜報の世界では常識だった。

日本では複数の機関が活発に活動中で、『442』もその一つである。

「人物の特定はできているのか?」

ワタナベが残念そうに首を振った。『442』でも、そこまでの洗い出しはできていない。

「平田と接触した人物はわかっている。そこから辿っていこう。噂をすれば……だ。コイツだよ」

画像を拡大させて『イラン日本交流機構』のビルから出てきた若い男をワタナベがササキに見せる。

「タナカの予備調査によるとコイツは、アリー・アッザーム・イブラヒム。真面目な機構の職員たちに混じったクソだな。異教徒はカウント外と嘯いて、強姦事件を数件起こしている。全部、不起訴だがね」

「俺たちも人の事は言えんが、まぁ日本人はとことんナメられているな。アリーの情報源がどこなのか、そこから始めるわけだな」

タブレットの電源を落とし、ワタナベが『ルーミー』から降車する。ササキもそれに続いた。

「あの野郎、武装は?」

「ナイフくらいは持っているかもな。悪党気取りだが、しょせんは素人だ。問題ない」

▽▽▽

真波が公安機動捜査隊長の早川隆一警視に提出していた『拘留中の犯罪者の釈放申請』の決裁が下りた。

その人物はターハー・バルザーニーという人物で、麻薬、強姦、暴行、窃盗、銃刀法違反など、やっていない、もしくは発覚していない犯罪は『殺人』だけという、悪党だった。

年齢は四十二歳。来日した時は被差別民出身で難民であるという『設定』だった。飛行機が苦手ということで、世界一周の豪華客船で日本に辿り着いている。

「豪華客船で難民ね。乗組員じゃなくて乗客か？」

難民キャンプを視察したことがある萩生が呆れる。

「もちろん、乗客だ。それで、難民申請なんぞ通るわけがない。海賊に怯えながらボロ船でイチかバチか命がけで海を渡る『ボートピープル』とはわけが違う」

そんな男がなぜ日本に居座っているのか、現場を見てきた萩生には理解できた。

ターハーは『送還忌避者』なのだ。強制送還が決まっても、帰国を拒否してくり返し難民申請を行って日本に居座る者がいる。

日本には「健康を害した」「人道上の理由がある」などの状況を考慮し、一時的に『送還忌避者』の収容を温情によって解く『仮放免制度』という仕組みがある。これを悪用する者がいて、本来、送還されるべきターハーのような犯罪者も世に放たれる結果となった。行動制限を守らずに、勝手に逃亡してしまうのだ。この逃亡者は年々増加傾向にあり、ここ一年で約千五百人と、二倍に膨れ上がっている。逃亡した彼らは、更に犯罪に手を染めることも多く、当局は頭を抱えていた。なので、「テロリストを釣るための生餌」として使いたいという真波の意図を汲み、案外あっさりと許可は下された。

真波の上司の早川警視の、交渉と根回しが上手かったというのもある。

ターハーの直近の犯罪が歌舞伎町での大麻所持であったことから、現在彼は新宿警察署に拘留されている。

その期間が四十日と長期にわたっているのは、二十二日間という最長拘留期間の間に、取り調べの警察官に殴りかかって再逮捕されているからだ。

これが、真波たちには都合が良かった。何者かの「東京を離れろ」という指示が届いていない。

「このターハーって野郎が、統制された静寂をかき回す棒ってわけか」

対テロという同じ目的を持っているにもかかわらず、公安と防衛省は、こうも方法論が違うのかと萩生は感心していた。

日本国内で『防衛省中央情報隊』は、観察しデータを蓄積するだけだ。海外での活動はもっと暴力的で組織的ではない。

「これは『泳がせ捜査』という。麻薬取締局と公安くらいしかやらん」

新宿警察署の捜査車両用の駐車場にインプレッサを駐車させてもらい、引き渡しの留置場に向かう。

ターハーは、一見すると気弱そうな中年男性に見える。この外見で油断させて女性をレイプし、強盗や窃盗や詐欺を働く。

「近年は『仮放免制度』の悪用をマニュアル化して、犯罪者の受け皿にもなっている。人脈を広げて、今度は麻薬密輸に手を出しているようだ」

萩生が呆れて言葉を失う。やっと、

「何しに日本に来ているんだ？」

とだけ言えた。

「日本だと簡単に警察官に殺されないからな。しかも外国人だと腰が引ける。牢屋にぶち込んでも不起訴になることも多い。あいつらにとっちゃ、日本は安全安心に稼げる狩場なのさ」

新宿警察署から引き渡されたターハーは、真波と萩生に目線を合わさないまま、インプレッサの後部座席に座る。カーゴパンツと長袖のTシャツというラフな姿だった。

手錠を付けたままにするのは、真波の嫌がらせである。

「送ってやるよ。どこに行きたいんだ？」

ターハーの隣に座った真波が言う。運転席には萩生がついていた。

「あ、じゃ、池袋駅にお願いします」

流暢な日本語でターハーが答える。

「おいおい、巣鴨じゃなくていいのか？　貸金庫は巣鴨にあるだろ？」

違法行為で集めた資金は、貸金庫に隠す。それがターハーの手口だった。だから、釈放され『送還忌避者』になるたびに、軍資金を手に不死鳥のように違法な商売を始める。

「何のことか、わかりませんね」

へらへらとターハーが笑う。萩生がバックミラーで真波を見ると、憮然とした表情であることがわかった。もちろん、演技である。

「定期的なカウンセリングが、釈放の条件だ」

真波がメモ帳に住所と電話番号を書き、千切ってターハーに渡し、手錠を外す。

「偶数日、この場所に朝九時に来い。直近だと明日だ。忘れるなよ」

「はいはい」

指示に従う気が全くない口調だった。

池袋駅北口でターハーを降ろし、萩生はインプレッサを駅前の有料駐車場に停めた。

真波はスマホを起動して、地図を表示している。

「ターハーの手荷物にGPSを仕込んだ。まぁ、バレているだろうが一応、追ってみるか」

二人で、GPSの信号を追ってゆく。ターハーは移動販売のケバブ店に立ち寄ってサンドイッチを買ったあと、平和通り沿いのラブホテルにシケ込んでいる。

真波が、移動ケバブ店の車のナンバーを写真で撮っていた。その画像を、佐藤に送り、電話を入れる。

「ターハーの泳がせ捜査を開始した。まずは、この車両の保有者を照会してくれ。あと『デオドライザー』という名のラブホテルの防犯カメラのハッキングを頼む。許可？　時間がないんだ。やってくれ」

そんな指示を真波が飛ばしている間、萩生はホテルの入り口を監視していた。

「このホテルは、出入り口が二つある。こっちは、任せた。私は裏口に回る」

ホテルは商店街の中という立地で、監視が面倒な場所だった。真波が担当する裏口は、とある宗教法人の研修施設の玄関があり、更に監視が難しい。

萩生は、コンビニエンスストアの軒先で、休憩している風を装いながら、出入りを監視していた。

ターハーの人相風体(ふうてい)は把握しているが、変装する可能性もある。こうした場合、身長と体格に注目するのがテクニックである。

ターハーは、身長百七十七センチ。体重は八十キロ。がっしりとした体形だった。

それより小さいサイズは無視する。変装をする場合、サイズアップはあってもダウンはない。

疑わしい者が出た場合、注目すべきは耳の形である。指紋ほどではないが、個人差があるのが耳の形だった。萩生は、それを見分ける訓練を受けていた。

萩生のスマホに連絡が入る。真波からだった。

『ホテルの出入り口。周辺の防犯カメラのハッキングが終わった。車に戻ろう』

その時、萩生は背広姿のサラリーマン風の男が、女性と腕を組みながら出てくるのを見た。ターハーと体格が似ている男だった。

「多分、変装したターハーだ。女連れだが、ほぼ間違いない。女は、ホテルに待機していたんだろうな」

『わかった、尾行を開始してくれ。すぐ合流する』

萩生は、真波と通話しながら、二人の後ろ姿を観察していた。女性だと思っていた人物だが、腰の位置や肩幅から、男性の可能性があることに気付く。

真波が萩生の隣に並んだ。

「早い反応だ。隠した大麻が心配なのだろうな」

ターハーは大麻所持で逮捕され、拘留中だった。持っていたのは少量だが、それは取引相手に見せるサンプルで、どこかに保管場所がある。

真波と萩生を早めに振り切ろうとするのは、その保管場所を知られたくないからだろう。

「いいぞ、かき回せ、ターハー」

真波がぽつんと呟いた。

テロの現場を、実行する当人の目で見ておく必要がある。とはいえ、金髪碧眼（へきがん）の外国人は、日本では目立ってしまう。

人気バンド『夜の魔女』が、シークレットゲストで、中野サンプラザの「さよならコンサート」に出演するという噂はすでに流れていて、五人がまとまって動くと変装しても正体を見抜かれてしまう危険がある。

尾行され、潜伏場所である弐腹（にはら）集落の存在がバレてしまうと、それは色々とマズい状況になる。

それゆえ、日本において外見的に目立たないポリーナと、ワシーリのスタッフのなかでタタール人であるビギエフの二人での行動となったのである。

ビギエフは、プライベートジェットの整備士の一人で、ワシーリから手ほどきを受けた工作員だった。

日本行きで、ラーメンの食べ歩きを楽しみにしていたナターリア・メクリンは非常にポリーナを羨ましがって、爆弾作りを中止して部屋に籠ってしまっていた。

「偵察するだけで、秋葉原でショッピングも、食べ歩きもしないのに」

サングラスに仕込んだＣＣＤカメラのテストをしながら、ポリーナが苦笑を浮かべる。彼女もアニメなどの日本のサブカルチャーを楽しみにしていたのだが、我慢して偵察に徹するつもりだった。

「カメラチェックＯＫ。音声はクリア？」

ポリーナが親指を立てて、機器のチェックをしているダークブルーの髪のベーシストであるルフィーナに応える。

「それじゃ、行ってくるね。ビギエフさん、運転手よろしくです」

「お任せください」


二人を見送り、ポリーナのＣＣＤカメラの画像と、高性能マイクの音声をノートパソコンで再生しながら、ルフィーナにギタリストのヴェーラが質問する。

「パーパとタチアナは？」

ルフィーナはぽってりとした朱唇をつんと尖らせ、

「二人でこの集落を回っているよ」

と、不満気に言った。

「なんで？」

ヴェーラの質問に、指に髪を絡ませながらルフィーナが答える。

「ここの中国人が、私たちのことをコソコソ探っているんだって」

「それでパーパが怒っているのね。パーパは静かに怒るからこわいよ」

ヴェーラはギターを取り上げて、弦を調整しながらくすくすと笑う。

「時間による人の流れや、誰が何時、何処にいるのか。全部把握したうえで、爆弾を仕掛けるんでしょうね。多分、皆殺し」

ヴェーラがレッド・ツェッペリンの『天国への階段』を爪弾きながらケラケラと笑う。

「パーパ得意の『夜討ち』か『朝駆け』だね。この集落の人ってば可哀想。でも、ここの人、契約期間中は裏切らないんでしょ？」

奥多摩駅に近づきつつあるポリーナのCCDカメラの映像をチェックしながら、

「契約中はね。でも、契約が終わったら顧客の情報を売るなんてことは、平気でやる奴らだってパーパは言ってたよ」

と、ルフィーナが答える。

「皆殺しかぁ」

今度は、映画『リオ・ブラボー』の『皆殺しの歌』をギターで奏で始める。古いロックも古い映画も、ワシーリの趣味だった。ワシーリが喜ぶので、これらの曲を練習してマスターしている。

　ヴェーラも、タチアナやルフィーナに負けず劣らずワシーリのことが大好きだった。

「ニニ・ロッソさんのトランペットがないとダメだよね、『皆殺しの歌』は」

「たしかに」


　タチアナと腕を組んで、ワシーリが弐腹集落内を歩く。傍目（はため）には、孫の少女と連れ立って散歩している爺さんに見える。

　だが、サングラスには小型ＣＣＤカメラがついている。弐腹集落を占拠して、二十名ほどいた住民全てと入れ替わった黒社会の中国人を個体識別するための映像素材集めだった。

　ワシーリが挨拶しながら歩く。それを無視して偽の住民たちは、不躾（ぶしつけ）な視線をタチアナに向けて、ニヤニヤとするばかりだった。

　どうせわからないと思って、卑猥（ひわい）な言葉を聞こえよがしに話しているが、彼らの言語はネイティブ並みに話せるし、聞き取れる。だがワシーリもタチアナも知らないふりを通した。

目の覚めるような美少女をひと目見ようと、見物に男どもが出てくる。タチアナを伴っているのは、それをワシーリのＣＣＤカメラで捉えるためだ。

「見世物扱いですまんな」

ワシーリが詫びる。タチアナはひらりと笑って、

「猿山の猿に見られても、別になんとも」

と小声で答えて、ワシーリの腕にぶら下がるように身を預ける。ワシーリの腕に胸のふくらみが押し付けられているが、これはわざとだ。ファンが見たら憤死しそうな光景だが、当のワシーリは彼女の好意に気付いていない。

「高高度ドローンは機能しているか？」

この弐腹集落を見下ろす山の斜面に、ワシーリは観測所を設置していた。そこのスタッフに隠しマイクで通話する。

このチームの銃職人（ガンスミス）・エルマークが最高傑作と自負する、単発式の対物ライフルを持ったスタッフ二名がそこで待機をしていて、偵察ドローンを飛ばしていた。

静音で高性能カメラ搭載の最新鋭のドローンで、『夜の魔女』のコンサート空撮用機材という名目で日本に持ち込んだものだ。

「ばっちりです。やぶ蚊が多いのには閉口しますが」

ロシア特殊部隊で狙撃手（スナイパー）と観測手（スポッター）だったマキシムとミハエロだ。『夜の魔女』で

は音響と撮影を担当していた。

「虫よけを届けさせる」

「できれば『無臭』のをお願いします」

小さく、ワシーリが笑った。強い臭いを忌避（きひ）するのは、狙撃手の本能のようなものだ。

「もちろんだ。今、ポリーナとビギエフが都内を偵察している。ミッションに『虫よけ、無臭』を加えておくよ。虫刺され治療薬も買ってきてもらう」

「助かります。痒（かゆ）くてたまらんです。早めに願います」

代々木にある『イラン日本交流機構』から出てきた同機構の広報担当職員である、アリー・アッザーム・イブラヒムを、『442』工作員のワタナベとササキが尾行していた。
アリーは、三十七歳という年齢のわりには若く見え、彫りの深いハンサムな男だった。
向かったのは新宿。歌舞伎町で飲み歩くのが趣味らしい。これだけで敬虔（けいけん）なムスリムではないのがわかる。

入ったのが、焼きとん串で有名な店だったことが尾行する二人を呆れさせた。

「豚肉ダメなんじゃねぇの？」

「こんな異国の地でも、殆どのムスリムは真面目に戒律を守っているんだが、アリーみたいなクズは平気なんだよ」

アリーが入った焼きとん串の店の入り口が見える場所で、ワタナベとササキが待機の姿勢に入る。

アリーはここで腹ごしらえをしたあと、風俗店に出入りするのが日常らしい。だいぶ羽振りがいいが、おそらく情報を売った金だ。

「素行調査じゃないから、すぐ拉致していいんだよな？」

ササキが確認する。ワタナベが頷いた。

「小一時間は出てこないだろうから、車をとってくる。しばらくここを任せていいか、ワタナベ」

「任せておけ」

ワタナベがタブレットを起動させて、タナカが調べていた『防犯カメラマップ』を開く。これは、ハッキング可能な防犯カメラの位置を調べたマップで、都内の繁華街を網羅している優れモノだ。タナカの努力の賜物だった。

テストとして、歌舞伎町の防犯カメラをチェックする。ハッキングが正常に動いているのを確認し、ワタナベはアリーを拉致するポイントの候補をいくつか挙げはじめた。

アリーの女遊びは、予め予測はできていたが、どこの店にシケ込むのかまでは調べ切れていない。ぶっつけ本番は本来なら避けたいが、ここは平和な日本だ。銃声を聞いても車のバックファイアの音にしか思わないような、間抜けな連中しかいない。

やがてササキが戻ってきた。『ルーミー』のカーゴに積んである、大型の旅行トランクを引いて持ってきていた。

「どこでやる?」

ササキがトランクに寄りかかりながらワタナベに言った。

「どこにシケ込むかわからんが、このラブホ街だな」

ワタナベが地図を表示したタブレットをササキに渡した。

「そうだろうなと思って、あの周辺に路上駐車してある」

腹ごしらえのあと、アリーが好んで行く風俗店の形態は、表向き女性が飲食の接客をする、いわゆる『キャバクラ』だ。

接客中に恋に落ちたキャストが、客とラブホテルに行く……という設定で、実質売春をしている裏営業の店だった。

店にはキャストを連れ出す『迷惑料』二万円を払い、キャストには可哀想な生い立ちに同情し、友人として三万円ほどを『カンパ』するという仕組みだ。

この『恋』は一時間ほどで急に冷めて二人は別離し、キャストは店に戻る。店の面倒見（ケツモチ）はヤクザで、警察にも鼻薬（はなぐすり）を利かせているという噂があった。

短期間でここまで情報を集めることができたのは、アリーが無防備だからだ。諜報の世界に片足を突っ込んでおきながら、同じ行動をくり返すという致命的なミスをしている。

「くそっ！　素人丸出しじゃねぇか」

ビールと焼きとん串でほろ酔いになったアリーを尾行しながら、ササキが吐き捨てる。アリーは情報の売り買いで金儲けをしていながら、全く尾行の心配をしていない。こんなことをすれば、命がいくつあっても足りない世界に身を置いていたササキから見ると、「呆れる」を通り越して「怒り」に変わるほどだった。

「そうカッカするな、ササキ。次はキャバクラ待ちだぞ」

あと更に一時間以上は、アリーが消えた雑居ビルの前で待つことになる。大型の旅行トランクに腰かけながら、ササキがため息をつく。

「こんなことなら、狙撃銃を持って待機している方がマシだ。口半開きで歩いている平和ボケ日本人を見ているとムカつくんだ」

ササキの愚痴に、ワタナベが眠そうな声で応えた。

「それはなぁ、ササキ。自分のルーツである日本人が好きなんだよ。だから、じれったくてイライラするんだ。俺やタナカやスズキは、日本人なんてどうでもいいと思っているから、『こいつら馬鹿だな』としか思わんぞ」

「まぁ、俺の爺さんが日本のことが大好きなんだよ」

ふふふ……とワタナベが笑う。

「お前、お爺ちゃん子だからなぁ」


二時間後、アリーが若い女性と腕を組んで店から出てきた。店内で突然アリーと恋に落ちた女性だろう。

ササキとワタナベが目配せをして、二人を尾行する。目的地はラブホテルなので、その密集地帯に向かって歩いていた。

酔客がそぞろ歩きする歌舞伎町と違って、この周辺はぐっと人通りが少なくなる。

ササキとワタナベは足を速め、アリーと女との距離を詰めた。

ヒップホルスターからササキがベレッタＭ９を抜く。ワタナベが肘で女を押し退のけ、アリーの左腕を摑んだ。

同時にササキが右側からアリーの横に並んで、ラブホテルと雑居ビルの間の路地に突き飛ばす。

「なんだ、この野郎」

アリーがよろけながら日本語で凄むが、二人とも無言だ。女が大声をあげようとするのを見て、ワタナベが女の喉に手刀(しゅとう)を飛ばした。舌骨(ぜっこつ)を折るほどの容赦のない一撃だった。

「ぐえっ」

その一言だけで、ぴらぴらした服を着た女が喉を押さえてくたくたと座り込んだ。

ワタナベはその女の髪を摑んで、アリーが突き飛ばされた路地に蹴り込む。女は声すらあげられない。

壁に手をついて体勢を立て直したアリーは、ポケットからバタフライナイフを取り出して、カチャカチャと金属音を響かせ、慣れた手つきで刃を振り出した。

点滅する街灯に刃がギラリと光る。

それを見て、ササキは右手に下げたベレッタM9を無造作に構え、発砲する。威力が減衰する消音器(サプレッサー)などは装着しなかった。銃声が響いても、日本人は何のことかわからないからだ。

アリーの右手のナイフと指が三本吹っ飛ぶ。壁には肉片と折れたナイフの断片が当たって、湿った音と金属音が同時に響いた。

悲鳴を上げかけたアリーの口に、ササキがいつの間に取り出した、タオルを丸めたものを突っ込んだ。悲鳴がミュートされる。

そのうえで、ササキは銃口を下に向けて二発発砲した。アリーの左右の膝が撃ち抜かれて砕けていた。

膝を撃たれると痛い。激痛のあまり、訓練を受けた屈強な男が転げまわってひぃひぃと泣くほどに。アリーなどひとたまりもなかった。

痛みが限界を突破したアリーは、右手が吹っ飛ばされたショックもあり、白目を剝(む)き、体を痙攣(けいれん)させて気絶していた。

ササキは大型の旅行トランクを開封しながら、這(は)いずって路地から逃げようとしていた女の後頭部を撃った。きれいにセットした髪が弾けてざんばらになる。

合計四発の銃声が響いたわけだが、特に何も騒ぎは起きない。大型トランクに、膝と手を適当に止血し、麻酔薬を打たれたアリーが胎児の格好で詰め込まれる。それを立てた。

大型トランクを引きずってササキが路地から出る。歩きながら、腰裏のヒップホルスターにベレッタＭ９を収めるが、一人が殺され一人がトランクに詰められて拉致されようとしていることに、今もまだ誰も気が付かない。

「チョロすぎる」

ササキが、地面に唾を吐いた。

「あれ、どうするんだ？」

うつ伏せで路地に倒れている女を、ワタナベが指さした。

「知るかよ。お巡りさんにお任せだ」

尾行者がいるという前提で、ターハーは行動していた。
まず池袋のラブホテルに入り、髭と髪をさっぱりと整え、スーツ姿に着替えて女性（もしくは女装した男性）と出てきた。
萩生が変装を見破る訓練を受けていなければ、見逃すところだった。
ターハーは、雑居ビルに入り、違うスーツに着替えて、若い男と出てきた。萩生と真波には、その若い男がラブホテルからターハーと出てきた女性と同一人物であることがわかった。やはり、女装していたのだ。

都心では、スーツ姿が迷彩になることをターハーは理解している。しきりと尾行を気にして周囲を見回したり、突然歩く方向を変えたりしているが、そんなことでバレるほど萩生も真波も間抜けではない。

『ターハーの同行者の面が割れました。コイツは、ターハーの弟のマハルでした。高崎在住で、ターハーの息がかかった自動車整備工場に勤務していましたが、逮捕直後に東京に来ていますね』

佐藤から真波に連絡が入る。顔認証プログラムにかけてもらっていたのだ。

「自動車盗難の隠れ蓑の工場か。犯罪がファミリービジネスかよ」

同時通信で、佐藤の報告を聞いていた萩生が失笑する。

「マハルが、ターハーが隠した大麻と軍資金の管理を任されていたようだな」

基本的にターハーは、直系のバルザーニ一族しか信用していない。それゆえ、結束は固い。同じ在日イラン人コミュニティの統制も受け付けない傾向があった。真波が状況をかき回す棒としてターハーを選んだ理由だ。

ターハーは貸金庫を巣鴨に持っている。真波がターハーを釈放する際に、巣鴨まで送ろうか？　と言ったのはわざとだ。

用心深いターハーは、マハルを呼び寄せる際に、新たに大塚に貸金庫を契約させ、巣鴨の貸金庫の中身をそっくり動かしている。

真波はそのことを把握していたが、あえて古い情報である「巣鴨」を口にした。これは、一歩先んじているとターハーに勘違いさせるためだ。案の定、ターハーは安全だと思っている大塚に移動している。

乾燥大麻を真空パックして貸金庫に保管するのが、ターハーの手口だった。調べると、大塚にあるアジア系信用金庫の貸金庫からすでにマハルが回収していたのがわかった。マハルが持っているアタッシェケースとマハルの手首にひったくり防止の手錠が付けられていることが証拠だ。

この時点で逮捕できるのだが、真波はあえて見逃した。『泳がせ捜査』である。

網野から真波に連絡が入る。

『タレコミのアラートが一斉に鳴りましたよ』

外事第四課は麻薬犯罪とも縁が深い。なので、一度でも麻薬取引に関与した中東系の業者は監視対象になっている。今後の生活の利便のため、公安に全面降伏して『S』になった者も多い。監視対象のままだと、何かと生活し難いのだ。

その監視対象もしくは公安の『S』となった業者に、ターハーから連絡がいっている。ターハーは在日イラン人のコミュニティから圧力がかかって、非合法(イリーガル)な取引をしないよう御触れが回っていることを知らないからだ。

ターハーの代理人となっているマハルは、群馬(ぐんま)の在日イランコミュニティには所属しているが、東京のコミュニティには参加していないので、御触れのことは知らないのだろう。

ターハーが禁止を破って商売を再開させたことは、コミュニティのメンバーから密告が行っているはずだ。粛清のための実働部隊が動くのが、これまでの定石だ。

この綱紀粛正のための実働部隊は『戦士（フェダーイン）』と呼ばれ、コミュニティが勝手に東京に作っている、一種の秘密警察みたいなものだ。中国が『秘密警察』を各国に作って問題になっているが、それを模倣した仕組みだった。

彼らは銃器で違法に武装した危険な一団で、暴動の扇動や暗殺など『汚い仕事』を一手に引き受けている。公安外事第四課も実態を把握しきれていない集団である。

「いい感じでターハーが暴れてくれているな。このエサに『戦士』が喰いついてくれればいいんだが」

『これに喰いついた奴を辿っていけば、元請けがわかるってわけですね。で、その元請けを締めあげて『ベル』の標的を吐かせる……と』

網野が補足する。これは、真波に聞かせるというよりは、萩生に説明するためだ。

平田のアパートの爆弾を見破ってから、公安機動捜査隊の萩生を見る目が変わった。仲間意識が芽生えているのかもしれない。

「高高度ドローンの使用許可は出たか？」

都内では、高性能のカメラを搭載したドローンを飛ばせる場所は皆無だ。二〇二二年の改正航空法によって、百グラムを超える重量があるドローンは規制されていた。

「早川隊長、がんばったみたいですよ。色んなコネ使って、国交省にねじ込んだらしいです。キャリア様の鑑ですなぁ。シイタケが食べられないくせに」

会話に佐藤が割り込んでくる。

「実験飛行という名目で、ドローンを飛ばせます。うちの屋上に駐機していますよ」

今度は網野が真波に報告する。

「現在、ターハーとその弟を尾行中だ。誰かが接触してくるかもしれないが、その際、接触者を尾行する。ドローンは、ターハーの尾行を引き継いでくれ」

真波が指示を出す。

「ターハー氏が危険なのでは？　『戦士』が動くって予想しているんですよね？」

「都外退去を強要してきたのが、どうも『戦士』くさいという密告があった。その前提で私は動くつもりだ」

真波と網野の会話に、また佐藤の乾いた笑いが割り込む。

『ターハー君は見殺しですか。まぁその方が日本にとっては良いんですけどね。パクっても微罪か不起訴ばかりじゃ、警察はやってられんですわ』

「まぁ、可哀想な『難民』という設定だからな」

真波が浅く笑う。萩生が通話中の真波の肩をポンと軽く叩いた。ターハーとその弟マハルが、大塚から都電荒川線に乗ったのである。

都電は一両編成なので、真波と萩生の尾行がバレる危険がある。これは、ターハーの尾行を振り切るテクニックなのだろう。

捜査車両のグレーのインプレッサは、池袋のコインパーキングに停めたままで、ドローンもまだ到着していない。単純だが、有効な手だった。

大塚駅前のロータリーにあるタクシー乗り場に真波と萩生は急いだ。タクシーに乗り込むと、

「都電沿いに、早稲田方面に走ってください」

と、真波が指示する。変な行き先指定だなとタクシー運転手は首を傾げたが、萩生がスマホを取り出して動画撮影を始めながら、

「東京の風景を動画にアップしているんですよ」

と言うと、納得したようだった。

都電に先回りして、ターハー兄弟が降りたかどうかを目視で確認する。彼らが降車したのは、大塚駅前駅から二駅先の都電雑司ヶ谷駅だった。そこから、線路に沿って逆戻りするコースをとる。

支払いを済ませてタクシーを降り、尾行を再開する。ターハー兄弟は、一駅手前の向原駅との中間あたりで、池袋方面に曲がった。

池袋保健所の前を通り、二人はサンシャインシティの中に入っていった。そのまま、サンシャインシティプリンスホテルのフロントに向かうようだった。

ターハーは本拠地を持たず、都内のホテルを泊まり歩く。今日の宿は、ここになっているらしい。

「乾燥大麻を、部屋で小分けするつもりだな？　早速、商売開始か」

萩生が呆れて思わず呟いた。真波が肩をすくめる。

「この勤勉さを、他に活かせばいいのに、あの手合いはやらんのだ」

ターハー兄弟がチェックインしたのを確認して、真波はエレベーターに向かった。

フロントで身分証を提示して、彼らが宿泊する部屋の番号を聞き出すのかと思っていた萩生は、真波が地下に向かうのを見て意外に思った。

萩生の疑問を感じ取ったのか、真波が説明する。

「防災センターに向かっている。警備担当に、警察OBがいるんだ」

警察官の再就職先に、『警備会社の顧問』というポストがある。防犯という関係で警察とはつながりがあるのだ。そのOBは警察に便宜を図る。捜査権、逮捕権が限定されている自衛隊にはない仕組みだった。

真波が愛想よく笑いながら、警備会社の顧問の名前を出す。警備員は、電話で本社に確認し、受話器を真波に差し出した。

『真波か？　久しぶりだな。外事第四課のエースが何の用だ？』

激務だった現役警察官だった時代に比べ、顧問業は退屈極まりないものだ。なので、こうした刺激は嬉しいものらしい。

「ご無沙汰しております、熊谷（くまがい）先輩。いきなりで恐縮ですが、追っている事案がありまして……」

真波が差し支えのない範囲で、事件を説明する。警備会社の顧問に就任している熊谷という男は、頼られて張り切っているように萩生には思えた。

『いいだろう。支配人に話を通しておく。フロントに向かっていいぞ』

「ありがとうございます。お時間があれば、いずれ一献（いっこん）差し上げます」

『楽しみにしているぞ』

通話はそこで終わった。真波は、取り次いでくれた警備員に受話器を返して、礼を言った。

「警察の底力を見たよ。一席設けるなら、同席するぜ」

萩生が感心して真波に言う。

「社交辞令だよ。名前は知っているが、顔は覚えていない。熊谷氏も私の顔は覚えていないだろう。まぁ、向こうも本気にはしていまいよ」

チェックインの宿泊客がいない瞬間を狙って、真波がフロントマンに声をかける。

身分証を提示し、支配人に確認をとるようお願いする。フロントマンは、内線電話で確認をとり、さらさらとメモを書いて、真波に差し出した。

そこには、ターハーが宿泊している部屋の番号が書かれている。更にカードキーが渡され、ぼそっと部屋番号を呟く。

ターハーが宿泊している部屋の斜め向かいの部屋だった。監視用に熊谷が便宜を図ってくれたようだ。

ホテル側としても、警察に協力するのは意味のあることで、こうした貸し借りで世間は動いていく。

「感謝します」

真波はフロントマンに礼を言って、今度は宿泊階に繋がるエレベーターに向かう。

萩生がその後に続いた。

「ドアスコープで、廊下を監視している可能性がある。不自然じゃない程度に顔を伏せてくれ」

真波が指示を出した。萩生が頷く。

「奴ら、監視用のCCDカメラを仕掛けた様子はなさそうだ。それに、こっちは廊下の防犯カメラの映像を、防災センターから送ってもらえる。これで、だいぶ有利になった」

「警察が本気だすと、怖いってのが理解できたよ」

萩生が笑ってエレベーターの壁に寄りかかった。エレベーター内の防犯カメラになるべく映らないようにする、彼の習慣だった。

俯き(うつむ)ながら廊下を歩いて、ホテル側が用意してくれた部屋に入る。

ノートパソコンを起動させ、ホテルの防災センターから送られてくる防犯カメラの映像を受信した。

ターハー兄弟の部屋の入り口がばっちり見えた。

真波が佐藤と網野に連絡を入れる。ドローン群はプリンスホテルの屋上に向かっているそうだ。そこを駐機場にする許可は、すでに出ていた。

「うちの子たちの整備に、そっちへ行きたいんですが、いいですかね？」

網野が真波に相談する。いちいち目黒に戻るより、ターハーたちが警察を振り切ったと思い込んでいるプリンスホテルにいた方が、網野にとっては合理的だ。

「佐藤一人では処理しきれないことが出てくる。それは避けたい」

真波が班長を務める『特別作業班』は、四名しかいない。いかにも手不足だが、これが公安の常だった。

「燃料の補給や、機材の微調整は必要ですよ」

網野が不満そうな声を出す。真波が渋面をつくった。

「アテがないわけではない。民間人だが機械に強い奴だ」

佐藤が話に割り込んできた。

「真波さんが『S』を使いますか。珍しいですね」

「ここまで人員不足だと、仕方あるまい」

第七章

都内での撮影を終えたポリーナとビギエフが、弐腹（にはら）集落に帰ってきたのは、深夜だった。

今回の暗殺任務に必要な動画を含む画像情報を十分に仕入れての帰還だ。

さすがに偵察要員だった二人は疲労困憊（こんぱい）の様子だったが、自分たちが送った情報をもとに、『夜の魔女』こと『ベル』のリーダーであるタチアナが立案した『プランA』の説明を聞こうと、眠気を堪（こら）えて食堂に集まっていた。

みんなが揃（そろ）ったのを確認してから、白い壁をスクリーン代わりにして、タチアナが演台に立つ。

「一週間後に迫った作戦行動だけど、『プランA』が定まったので、共有します」

タチアナはワシーリの幹部教育の一環で、こうして作戦立案を担当することが多くなった。ワシーリは年齢による衰え以上のものを感じていて、タチアナにだけではなく、サブリーダー格であるダークブルーの髪のルフィーナにも、そうした機会を作りはじめている。

　プランAの概略を一通り説明したあとにタチアナは続けた。

「基本的には、中野サンプラザ『さよならコンサート』のシークレットゲストに出演したその夜に撤収。コンサート機材解体、羽田空港への移動、積み込み、出発手続きを迅速に。日本からの移動先はタヒチ。パーパを含めてオーバーワーク気味だったから、とりあえず海辺で休養ってことで」

　タチアナが、ワシーリの隣に座っているボリスに目を向ける。

「ボリスさんは、出国の手続きをお願いします」

　寡黙（かもく）で痩身（そうしん）な男、ボリスが頷く。彼はワシーリと一番付き合いが長い古参の工作員だ。『夜の魔女』の事務方を一手に引き受けている。金庫番といった役回りだ。

「ナターリア。爆弾の製造は？」

　メモ帳に『あたしが考えた最強のラーメン』のレシピを書いていた『夜の魔女』の最年少のメンバーである彼女が、名前を呼ばれてビクッと震えた。

　怖い目でタチアナに睨まれて、ナターリアが竦（すく）み上がる。彼女はタチアナが怖いのだ。

「あ、え、もうすぐ完成。指向性もない、破片を四方にまき散らすだけのクッソつまんない爆弾だから、気が進まないけど」

直近でアメリカのシュミット事務次官補と部族長を殺害した爆弾は、びっくり箱のようにポンと爆弾の中身が五十センチほど飛び、放射状に円盤を飛ばす爆弾だった。

爆薬の量も調整してあり、半径三メートル以内にいる人物の首から上が消失するという仕掛けだった。

ナターリアは、こうした『芸術的』な爆弾作りを好むので、今回の任務は不満が溜まっていた。ラーメンを食べに行けないのもストレスだった。

それをタチアナは見抜いていて、念を押したのだ。得てしてミスはこうした間隙(かんげき)をついてくるものだ。

ハイハイと手を挙げたのは、いつもギターを手放さないヴェーラだった。ナターリアと特に仲がいいので、タチアナからナターリアを庇(かば)うつもりなのだろう。

「はい、どうぞ」

ため息をついてタチアナがヴェーラを指さす。

「えっと、陽動用の爆弾は、渋谷と上野(うえの)と池袋と品川(しながわ)に仕掛けるんだよね。なるべく多くの負傷者が出るように」

爆弾の目的は日本人の殺害ではない。騒ぎを起こして警察をオーバーフローさせるのが目的だ。日本の警察は、こうした同時多発テロに慣れていない。専用の対策部隊も存在しない。機動隊は訓練を受けているが、実戦経験が足りない。

本来だったら昼間の人口が最も多い新宿も狙うところだが、今回はできない。なぜなら標的が早稲田に来るから。早稲田大学で講演予定の人物が、暗殺者『ベル』の標的だった。

白壁に人物写真が映し出される、名前が書かれていて、

『元・アメリカ国防総省次官補（諜報・安全保障担当）ディビッド・C・ミラー』

と、書かれてあった。

「現役じゃないんだ」

ルフィーナがつまらなそうに呟く。

それを耳敏く聞きつけて、タチアナが答えた。

「自国の元首相、現首相すらまともに守れない無能なSPしかいない日本に、現職の重要人物など講演させるわけないじゃん」

それを聞いて、ケタケタとナターリアが笑う。

「まぁね」とルフィーナがまたも呟く。

「あちらさんの『精神的支柱』とか呼ばれている指導者の方々の子弟の皆さんが、気高いボランティア活動時に、アメリカ軍の誤爆で皆殺しになって、激オコなのよ。『元』だろうが『現』だろうが、政府関係者を皆殺しにするつもりみたいよ」

前回のシュミット事務次官補は手始めだ。現在進行形で、アメリカ大使館などを標的にしたテロが続発している。

元・国防総省関係者でも容赦しないという見せしめが、今回の事案になる。日本という、テロを起こすのに楽なエリアでありながら、『ベル』のような一流の暗殺者にオーダーしてきたのは「絶対に成功させたい」から。

「ディビッド氏を殺す爆弾は、ナターリアの作品の出番だよ。早稲田の学生さんを巻き込まないように、慎重にね」

ポリーナとビギエフが偵察してきた動画が流れる。早稲田大学大隈記念講堂の地下の小講堂の映像だった。

ここで開かれていたオープンキャンパスに二人は参加しており、サングラスに仕込んだCCDカメラで、道に迷った態でバックヤードなどを撮影していた。

「動画をもとに立体図を作っておくから、それで作戦の動線を確認しておいて。爆弾は演台に仕込んで、ディビッドがその前に立ったら手動で起爆。私たちは、機材の設営会社のスタッフに変装して、事前に爆弾をセッティングするよ」

ハイハイハイとまた、ギターを抱えたままヴェーラが手を挙げる。

苦笑を浮かべてタチアナが彼女を指さした。

「どうぞ」

ジャランとギターを鳴らして、ヴェーラが質問した。

「陽動用の爆弾はどうすんの？　うちらだけじゃ手不足じゃない？」

議長役のタチアナが頷いた。

「いい質問。怪我人を多く出させるための爆弾だから、セッティングの精密さはいらない。だから、協力者の『戦士』に任せるつもり」

陽動用の爆弾は発見されるリスクがあるので、作戦開始直前に配置するのが正しい。だが、撤収も含めフル回転のメンバーだけでは人手が足りない。アウトソーシングするのは、織り込み済みだった。

「ボストンバッグに入れて置いてくるだけだもんね」

設置場所候補を撮影してきたポリーナが補足する。

議長役のタチアナが、ミーティング中に一言も口を挟まなかったワシーリに目線を送る。彼はタチアナの視線に気が付くと頷いた。

「あとは、ここの中国人皆殺しについて……」

ワシーリに認められたことで自信を増したタチアナが、白壁の画像を弐腹集落に切り替えて、説明を続けた。

▽▽▽

　代々木にある『イラン日本交流機構』から出てきた同機構の広報担当職員、アリー・アッザーム・イブラヒムを新宿で拉致し、大型の旅行トランクに詰めたワタナベとササキは、川崎市に向かった。倒産して夜逃げした町工場の廃墟である。

　アリーは輸送途中で覚醒（かくせい）したらしく、大声で喚（わめ）きながらガタガタとトランクの中で暴れていたが、『ルーミー』を路上駐車して、ササキがトランクをぶん殴ると静かになった。そのかわり、シクシクと泣く声が聞こえてきたが、口汚く喚かれるよりマシだった。

　ワタナベが運転する『ルーミー』は、大田（おおた）区と神奈川県を多摩川を挟んで繋ぐ『ガス橋』を渡って、上平間（かみひらま）に入る。

　府中（ふちゅう）街道を南下して川崎市幸（さいわい）区の住宅街に入ってゆく。そのごちゃごちゃした道の一角に、廃工場があった。

　そこでワタナベは車を停め、助手席からササキが降車する。錆（さび）だらけのシャッターを開けて、車ごとルーミーが内部に入る。

　ここは、鉄パイプの切断や加工を行う工場だったが、不渡りを出して夜逃げした物件だ。買い取ったのは『４４２』である。尋問を行うための施設で、残された備品のバーナーなどを、使わせてもらっていた。

　ササキがルーミーからトランクを下ろして開ける。血まみれのアリーが、ヒィヒィと泣きながらそこから転げ出てきた。

　ワタナベが胸倉を摑んで引きずり立たせて、椅子に座らせる。砕かれた両膝の激痛にアリーが悲鳴を上げた。

「うるせぇ」

　ササキが顔面を思い切り殴りつけると、意識が飛んだのかアリーが大人しくなる。その隙にワタナベが椅子にアリーを縛り付けた。アリーはすぐに意識を取り戻したが、自分が十メートル四方のガランとした町工場跡の中央にポツンと置かれた椅子に座らされているのに気が付いて、すくみ上がっていた。

　ササキが作業台を引きずってきた。その上にバーナーなどの工具が置かれているのに気付き、アリーが絶望の呻きをあげた。本当は泣き叫びたかったのだが、ササキを苛つかせるのが怖かったのだ。

「なぁ？　以前、ムスリムの戦士を壊すやり方があるって言ったよな？　ワタナベ」

　バーナーをガスボンベに繋げながら、ササキが言う。

「あいつら、敬虔であればあるほど、超人的な精神力をもっているからなぁ」

ムスリムの戦士は死を恐れない。戦って死ねば極楽が待っていると信じているからだ。そのあたりは、戦国大名を苦戦させた一向一揆と似ているかもしれない。

「逆にさ、敬虔であればあるほど、心を折るのは楽なのさ」

ゴム手袋をはめながら、そんなことを楽しそうに解説するワタナベを見てササキが肩をすくめる。

「聞きたくねぇ。俺が残酷なのは苦手だって知っているだろ？」

ゴム手袋をはめたあと、肉屋が使うようなビニールのエプロンをつけながら、ワタナベが笑う。

「違うんだよササキ。刃物も、電気ショックも、バーナーも、鈍器も要らないんだ。道具は開口器だけだよ」

アリーの固縛を確認し、ついでのように顔面を一発ぶん殴りながら、ササキが舌打ちをした。

「拷問を語る時だけ早口になるの、ほんとうに気持ち悪いぜ、ワタナベ。で？　開口器がなんだって？」

ふふふ……と、ワタナベが笑った。

「生の豚肉をね、何度も何度も口に押し込むんだよ。敬虔なほど、折れるのさ」

「ああ、もう、胸糞悪いぜ。一気に殺してやれよ」

今度は、ワタナベが肩をすくめた。

「最終的には『慈悲の一撃』を与えるさ。可哀想だからね」

そんな二人の会話を聞いていたアリーは、恐怖のあまり失禁していた。歯の根が合わぬほど震えている。

「焼とん食っていやがるてめぇには、通用しないから、オーソドックスでいくぜ」

ササキが思い切りアリーの顔面をもう一度ぶん殴る。鼻血が伊達なシャツを血で汚した。

「なんでもしゃべる！　嘘は言わない！　信じてくれ」

更にもう一発ササキが殴る。

「嘘つき野郎が『嘘言わない』ってもなぁ。そんじゃ、プロに任せるぜ」

ワタナベがニヤリと笑いながら、バーナーに点火した。

アリーの哀願は、やがて絶叫に変わった。


「平田の馬鹿に『ベル』の情報を流したのは『イラン日本交流機構』の広報担当のアリーって奴だが、モトネタが割れた。同機構のタウフィーク・アフマド・ヒダヤット外交部長だ」

　ササキが報告のためにタップしたのはタナカの番号だった。日本担当の彼は、便宜上『442』のリーダーになっている。

『ヒダヤットだと？　有名人だぞ。元・イラン情報省外部局の特務機関「ズールハーネ」の諜報員だ。組織は解散させられて、日本で腑抜けたようだ』

　肩越しに『道具』を片付けているワタナベを見ながら、ササキが言葉を続ける。

「いや、老いたりとはいえ、ヒダヤットは現役だということがわかった」

　アリーがヒダヤットの会話を盗み聞きできたのは偶然だという。ヒダヤットは密談を使用していない倉庫で行うのだが、そのエアダクトが喫煙室と繋がっていたのだ。

　喫煙室で仕事をサボっていたアリーは、エアダクトから微かに声が聞こえることに気付いた。

　情報が金になることを知っていたアリーは、エアダクト内に高性能のボイスレコーダーを仕込み、ヒダヤットの会話を平田のようなチンピラジャーナリストに売っていたのだった。

　ヒダヤットは諜報の世界に身を置いていただけあって慎重な性格だった。会話は符牒などで盗聴されても解読できないように注意していたが、レールフェンス暗号などの取り決めをする前のたった一回のワシーリとの会話が、アリーに捕捉されていたのだった。

『ベル』の噂を信じていないアリーは、それがどんな危険な情報かを知らずに平田に売った。平田も、『ベル』についての噂は都市伝説に過ぎないと高をくって、結果命を落としてしまった。

そして『442』は殺しを重ねながら『ベル』の痕跡を追っている。まるで、執拗な猟犬のように。

「短時間だが『イラン日本交流機構』を監視した。殆どは、真面目な事務員だが、数名おかしい連中がいた。ありゃあ軍事訓練を受けているな。あと、武装している腰つきだ」

熟練の兵士が観察すると、隠蔽していても銃器の武装の有無がわかる。腰に重い鉄の塊がくっついているのだ。僅かに歩き方が変わる。それを見抜く訓練を『442』は受けていた。

「多分、『道場』の実働部隊、『戦士』の残党だ。もっと時間があれば、個体識別までできるが?」

『いや、そこまでしなくていい。我々の主目的は『ベル』の殺害だ。『ベル』と接触したのがヒダヤットで確定したなら、彼奴を尋問にかければいい』

ワタナベが、丹念に手を石鹸で洗ってハンカチで拭いながら、会話に加わる。

「古強者(ふるつわもの)だろうがなんだろうが、俺の前に連れてくれれば、何でもしゃべらせてやるよ。どうやって壊すか、楽しみだ。こいつはつまらなかった」

背後のアリーだったモノに顎をしゃくる。ハンサムだった顔は、鼻も眼も唇も焼け焦げ、髪も全て焼けてしまっていた。炭化した皮膚の下に、生々しく赤い肉が見える。何よりもおぞましいのは、まだアリーが生きていることだ。殆ど死んでいるが。

「肉と髪が燃える匂いが臭くてたまらん」

『ササキはデリケートだな。戦場じゃお馴染みの臭いだろうがよ』

タナカと組んでいるスズキが会話に加わる。

電話の向こうでタナカとスズキが馬鹿笑いしている。つられてワタナベも笑う。

ササキが肩をすくめた。

「お前ら全員、頭おかしいぜ」

ササキが腰の裏のヒップホルスターからベレッタM9を抜いて、アリーの方を見ないで撃つ。

弾丸は黒焦げになったアリーの眉間(みけん)を正確に撃ち抜いて、彼の激しい苦痛を終わらせた。

「用が終わったらとっとと死なせてやれよ。可哀想じゃねぇか」

セーフティをかけてベレッタM9を乱暴にホルスターに収め戻す。

「ほっときゃ、あと数分で死ぬよ。弾がもったいないぜ」

ワタナベが言う。ササキはため息で応えた。

『まぁまぁ、怒るな、ササキ。それよりも次のステップだ。ヒダヤットを捕らえて尋問できれば、俺たちは『ベル』に最も肉薄した男になれるぞ』

渋々といった様子でササキがワタナベに向かって拳を突き出す。その拳にワタナベがチョンと拳を当てる。

「この尋問所は廃棄。死体はこのままにしておこう。撤退するぞ」

ワタナベが『ルーミー』の運転席側のドアを開けた。

▽▽▽

真波・萩生組は、ホテル側に便宜を図ってもらったことにより、自称『難民』の職業犯罪者であるターハー・バルザーニーとマハル・バルザーニー兄弟が投宿したホテルの一室を監視する部屋を確保した。

ホテルの防災センターから防犯カメラの映像が、真波が持ち込んだノートパソコンに送られている。

バルザーニー兄弟は、真空パックにして保存していた乾燥大麻をホテルに運び込んでいて、これを小分けにパッケージするなど麻薬取引の準備をしており、かつての仲買の同郷者や馴染みの売人に盛んに連絡をとっている。

これは、『ベル』に暗殺を依頼した中東の精神的支柱と呼ばれる指導者たちの、「正義が執行されるまで、行動を慎むべし」

という意向に反する。『道場』が『戦士』を使ってコミュニティの行動の統制をするなど、テロを暗示させる一連の動きに反応したのは、日本に長く住み順応している穏健派で、彼らは東京から脱出する動きを見せている。コミュニティの宗教的なつながりは強固で、逆らうことはできないが、積極的に協力はしないという意思表示だった。

バルザーニー兄弟のような偽装難民で、何度も難民申請をくり返すことで違法に日本に留まり続ける、いわゆる『送還忌避者』も、今は息をひそめていた。警察の注意を引くことを避けるようにという指示によるものだということまではわかっている。

ただし、バルザーニーは収監されていた期間が行動自粛の御触れが出た時期と重なっている。

なので、仮釈放になった途端に商売を始めてしまった。真波に「バルザーニー商売開始」の密告があったように、中東の過激派にも密告が行っているだろう。

御触れを無視された過激派は、必ず『処刑部隊』を送り込んでくる。彼らは面子を潰されるのを極端に嫌がる傾向がある。

この日本に、国際的なテロリスト『ベル』が来ていることは、真波も萩生も知っている。だが、真波と萩生の主目的は『ベル』の逮捕ではなく、『ベル』によって引き起こされるテロや暗殺を未然に防ぐことだ。

同じ『ベル』を追う者同士とはいえ『４４２』と、真波・萩生チームとは、そこが大きく異なる。


監視を続ける真波に、ドローンを担当する網野から連絡があったのは、深夜を回った頃だった。

網野も佐藤も、目黒の公安機動捜査隊舎に泊まり込みらしい。

『真波さんから紹介してもらったドローンの面倒をみる技師……というか、何でも屋なんですけど、そっちに着きましたよ。ナイトマネージャーに連絡をとって、屋上まで行かせてください』

漂白済みのスマホを持参させていると網野から説明があり、その番号を告げられた。

真波が、萩生とその番号を共有する。

『テントとキャンプ道具を持たせてありますから、屋上に滞在させてください。水と食料はホテルから支給をお願いします。トイレは従業員用を使わせてやってください』

いつ、ドローン群が出動になるかわからないので、駐機場となっているホテルの屋上からなるべく離れないようにということなのだろう。

『あ、そいつ、森川って名前です。本当かどうか知りませんけど。ホームレス生活長かったんで、水と食料が保証されて雨露を凌げるだけで満足らしいんで、扱いひどくても気にしないでください。本人は満足しています』

佐藤から補足説明があった。

『嘘か真か、伝説のハッカー【魔法使】の下で働いていたって言ってます。多分、フカしだと思いますけど』

網野がきゃたきゃたと笑いながら、通話を切る。狙ったかのようなタイミングで、森川から連絡が入る。

『あ、ども。真波さんですか？　森川です』

暗い声であった。

「真波です。よろしく」

真波が答える。ぶっきらぼうさなら、二人は似ていた。

『網野に騙されたっぽいので、確認だ。相手はヤクザではなく中東の過激派なんだな？』

そうだ……と、真波は正直に答えた。長く深いため息が真波の耳に届いた。

「こっちは一般人なんですぜ。危なくなったら逃げますよ」

相手は『ベル』でもあることは伏せておいた方がいいだろうと真波は判断した。

森川は情報通の雰囲気がある。

「自助は最優先だ。なるべく君の安全は保障するが、自分の身は自分で守る心構えでいてくれ」

ハハッと、森川が鋭く笑った。

『あんたら警察（サツカン）は、いつもそうだな。言われなくても、逃げる時は逃げらぁ。あと、な、タオルを持ってくるように言ってくれ。ホテルなんでいっぱいあるだろ？　そうだな十枚ほどフェイスタオルが欲しい』

「タオル？」

思わず真波が聞きなおす。

『そうだ、タオルだよ。俺はタオルを持っていないと、不安なんだ。頼むぜ』

それだけ言って、森川が一方的に通話を切る。

「変わった奴だな」

薄く笑いながら萩生が感想を言う。

「変人の類だな」

だが、網野が自分のドローンを触らせるということは、整備の腕は確かなのだろう。多少付き合い難いのは、目をつぶって良いと真波は判断した。

ナイトマネージャーに、タオルの件を告げると、ホテルマンらしく感情を交えずに受けてくれた。変な指示だなと思っただろうが、おくびにも出さないのはプロの対応だった。

防犯カメラに二人の外国人の姿が見えた。アフリカ系の顔立ち。ノートパソコンを操作して、二人の顔を認証させる。

データは、公安機動捜査隊の佐藤の元に送られ、過去の犯罪者の顔認証データとの照合が行われる。

フロントを通過してエレベーターに乗り、バルザーニー兄弟と真波・萩生組が投宿しているフロアに降り立つ。

『前科(マエ)ありました。麻薬の売人ですね。ソマリア・マフィアのトゥーラとサマーリーっていうチンピラ二人組です。「御触れ」に関係ない連中が、喰いついたわけですね』

佐藤から報告がある。とりあえず、襲撃ではないらしい。

真波がドアスコープを覗いていると、チンピラ二人は独特なノックの仕方でバルザーニー兄弟の部屋のドアを叩く。それが符牒なのだろう。古臭いやり方だが、単純であるだけ有効だ。

真波が耳を澄ます。ペルシャ語で挨拶を交わして、親し気に肩など抱きながら、部屋に招き入れている。

会話をメモ帳に書き記す。「どんな会話に暗号が隠されているかわからない」と教育されているシギント班の習性のようなものだ。

「真波、来たかもしれん」

パソコンのモニターで防犯カメラの映像をチェックしていた萩生が、ドアスコープを覗く真波に言う。

「来たか？『戦士』たちが」

本当に来たのなら、粛清が迅速だ。彼らの本気度がわかる。

「二人……いや、三人だ。スリーマンセル。定石通りだな」

萩生が、ショルダーホルスターから陸上自衛隊の9ミリ拳銃を抜いて、薬室とマガジンを確認する。無意識のような仕草だった。

「荒事になりそうか？」

萩生に並んでモニターを見ながら真波が確認する。

「武装した腰つきだ。少なくとも拳銃は持っている」

真波が舌打ちした。外国の非合法(イリーガル)な組織が、当然のように銃器で武装していることが気に入らなかったからだ。

水際で防いでも防いでも、無能で利権まみれの政治家が抜け穴を提供し、法の網の目を潜(くぐ)る犯罪者が後を絶たない。

「確認だが、発砲していいんだよな？」

萩生が念を押す。どこか畑違いの公安捜査を面白がっていた雰囲気だが、今は兵士(ソルジャー)の顔になっていた。

「俺たちは『公安』だ。発砲しても表沙汰にならない」

「それを聞いて安心した。一名は逃がす。それ以外は排除。ＯＫ？」

萩生の本質は警察官ではない。なので、『制圧』とは言わず『排除』と言う。つまり、殺すということだ。

「ついでに、バルザーニー兄弟も排除しちまおう。ついでだよ」

何を言っているんだコイツ……と、真波は思ったが、飄々(ひょうひょう)とした萩生の表皮の一枚下は、グツグツと滾(たぎ)るマグマのような怒りが渦巻いているのが、彼にはわかった。

――萩生は、赴任地で、何を見た？

真波に萩生に対する疑念が湧いたが、頭を振ってそれを追い払う。今は『戦士』

とバルザーニー兄弟との交戦に、横からぶん殴るタイミングを計る時だ。

ナイトマネージャーに連絡を入れる。これから爆発音がするが、防災センターが確認するまで部屋から出ないよう宿泊客に指示するよう依頼した。

その間、萩生は真波と交代でドアスコープを覗いており、通話を終えた真波に小声で「来た」とだけ告げた。

萩生は、ドアの蝶番に粘土のようなものが張り付けられるのを見ていた。

「C４だ。蝶番とノブを吹っ飛ばす気だな」

真波に状況を小声で報告する。

おそらく『戦士』と思われる男のうちの一人が、信管と電線を差し込んで、ドアから離れる。手にしたスイッチを捻ると、思ったよりは小さな爆発音でドアの蝶番とノブが吹っ飛んだ。

ドアは斜めに傾いて、チェーンだけで支えられた形になっており、隙間からもう一人の男が手榴弾を投げ込むのが見えた。

バンというくぐもった手榴弾の音に、バルザーニー兄弟と二人のチンピラ売人の悲鳴が重なる。

二人の『戦士』が傾いだドアを蹴破って室内に突入する。一人は戸口に残って拳銃を構えていた。

萩生がドアを開けて廊下に出たのは、そのタイミングだった。

戸口に残っていた『戦士』が、ぎょっとして振り返る隙も与えず、萩生は相手の首に腕を巻き付けて捻り上げていた。

骨が折れる音が聞こえ、真波はゾッとして鳥肌が立った。

萩生はぐったりとした『戦士』を音をたてないようにそっと床に横たえ、胸のすぐ前に9ミリ拳銃を構えながら、室内に侵入する。

この窮屈そうな構えは、通称『C.A.Rシステム』といって、狭い場所での戦闘を想定したものだ。

真波は思わず「警察だ！」と叫びたくなるのを堪えて、SIG P230を両手保持で構えて萩生に続く。軍用の9ミリ拳銃に比べて、この小型拳銃が頼りなく思えて少し焦っていた。

至近距離でバルザーニー兄弟と『戦士』とが撃ち合っている現場に侵入しながら、真波は萩生が一瞬で殺した『戦士』を横目で見た。彼の肝臓の位置に、ペーパーナイフが深々と刺さっている。

萩生は『戦士』の首を折った。それだけではなく確実に殺すためにナイフを捻じ込んでいたのだと真波は理解した。

いつの間に萩生が部屋から持ち出して『戦士』に刺したのか、全くわからなかった。普段の、どちらかというと人の好さそうな萩生から想像もできない冷徹な殺しのテクニックだった。

「くそ」

真波が吐き捨てて、あっさりと人を殺した萩生のことから、室内の撃ち合いに集中する。

部屋の隅と隅でソファを盾に『戦士』とバルザーニー兄弟とソマリア・マフィアが撃ち合いをしていたが、訓練を受けている『戦士』が彼らを制圧していた。ソマリア・マフィアのトゥーラは血を吐きながら体を丸めて床に倒れており、バルザーニー兄弟は壁に寄りかかって脚を投げ出して座っていた。多分、死んでいる。

抵抗しているのは、手榴弾の破片を浴びて全身血まみれになったソマリア・マフィアのサマーリーだけで、横倒しにしたソファから手だけを出してブローニング・ハイパワーを撃っていた。

面倒くさそうに『戦士』がサマーリーの手を蹴って拳銃を蹴り飛ばした時に、萩生と真波がガンスモークに煙る室内に踏み込んだ。

小さく構えた萩生が、二発撃つ。背後からの奇襲だったにもかかわらず『戦士』の動きは早かった。

一人は、萩生からの銃弾を二発受けながら、片手で隠れているサマーリーを引きずり出して盾にした。

サマーリーはソマリア人にしては、身長百五十センチ前後しかない低身長でひょろひょろに痩せた男だったので、屈強な『戦士』にとっては片腕で振り回せる程度の体重だった。

もう一人の『戦士』は、壁に張り付くようにして萩生の射線から逃れて、マカロフPMらしき小型拳銃で応射した。

萩生の肩口からパッと血煙が上がったが、萩生は壁際の『戦士』に目もくれず、更に二発撃つ。

真波は、萩生を避けてその先のサマーリーを盾にした『戦士』を撃つことが難しいと考え、壁に隠れている『戦士』を撃った。

萩生を狙っていた壁際の『戦士』のすぐ横の壁に真波の放った銃弾が跳弾する。

ペルシャ語で罵って、真波の射線からも壁際の『戦士』が逃げた。その間に、萩生が盾になっているサマーリーを更に二発撃った。殆ど死んでいるサマーリーがガクガクと着弾の衝撃に揺れた。貫通した萩生の放った銃弾が『戦士』に食い込む。

食いしばった歯の間から猛獣の唸りをあげて、サマーリーを盾にしていた『戦士』が、ボロクズのようになった彼を萩生の方向に突き飛ばす。突き飛ばしながら、手にしたマカロフPMのマガジンを替えた。

萩生は頽れそうになるサマーリーの胸倉を摑んで盾にして前進する。『戦士』との距離は一気に詰まった。

『戦士』が、サマーリーごと萩生を撃つ。肉の盾にいくつもの血煙が上がった。

萩生は、サマーリーの胸倉を摑んだまま、彼の顔に9ミリ拳銃を押し付けるようにして二発撃った。

サマーリーの後頭部の射出孔から脳と脳漿が飛び散る。

ペルシャ語で罵ったのは、顔面にそれを浴びた『戦士』だった。サマーリーを貫通した弾丸で萩生を仕留めるつもりだったのだろうが、目つぶしを喰らった形になった。

萩生がいる方向に『戦士』が乱射する。萩生はサマーリーを横に投げ捨て、片膝をついて低い姿勢から更に一発撃った。

9ミリ拳銃のスライドが後退したまま止まった。全弾撃ち切っていた。

萩生の弾丸は、『戦士』の舌骨を砕いて後頭部に抜けている。即死である。

その隙に、残り一人の『戦士』が身を低くして萩生の脇を駆け抜けた。

萩生はポケットから予備のマガジンを出しつつ、空のマガジンを床に落としていた。

真波が逃げる『戦士』に立ち塞がり両手保持でＳＩＧ Ｐ２３０を構えたが、その『戦士』が振り回したナイフを躱すのにやっとで発砲はできなかった。近距離では、銃よりナイフの方が早い。

マガジンを嵌めた萩生が向きなおって、逃げる『戦士』の背中を二発撃つ。『戦士』の肩口の布が爆ぜ、左右の肩甲骨の間に一発命中したが、服の下に着込んでいた防弾チョッキに阻まれたようだった。

「くそ！　役に立たなかった！」

壁に寄りかかるようにして、真波が立ち上がる。アドレナリンの奔流の残滓に、手が微かに震えた。

萩生が無表情のまま、真波に言う。まるで、天気の事でも聞いているみたいに。

「怪我はないか？」

「大丈夫だ」

萩生が、床に転がっているバルザーニー兄弟を蹴って仰向かせる。顔面に二発銃弾を撃ち込まれていて、即死だった。サマーリーの相棒のトゥーラは喉を撃ち抜かれていたが、まだ生きていた。呼吸のたびに口から血が流れるのは、肺に血が流れ込んでいて、自分の血で溺れている証拠だった。

萩生は、トゥーラを踏んで動かないように押さえて顔面を二発撃つ。

「やりすぎだ、萩生」

真波が苦言を呈したが、

「救急車は間に合わない。それまでは地獄の苦しみだぞ。銃弾は慈悲だ」

と、真顔で萩生は言った。

「肩、血が出ているぞ」

ショルダーホルスターに9ミリ拳銃を収めながら、

「かすり傷だよ」

そう言って、萩生が笑った。

床に降り積もっている乾燥大麻をひと摑み拾い上げ、萩生がそれを口に放り込み、咀嚼する。咀嚼しながら、上着を脱ぐ。白いワイシャツの肩から左腕は血で真っ赤に染まっていた。

「おい、何やってんだ」

スマホで佐藤に連絡をとりながら、萩生の奇行を真波が咎めた。

萩生は口から唾液にまみれて団子状になった大麻を吐き出すと、ワイシャツの肩の部分を引き千切って、大麻団子を張り付ける。サイドボードの上にあったダクトテープでそれを固定した。

「痛み止めだよ」

ペッペッと、口に残った大麻を吐き出す萩生を見ながら、

――こいつは、「ぶっ壊れ」だな。――

と、真波は思った。

たまに、こういう犯罪者を見かける。日本の警察官にはいない。

へらへらと笑っているが萩生の目の奥には怒りの炎がある。真波はそれを確信した。

第八章

タタール人のビギエフはナターリアが作った、彼女曰く『破片を四方にまき散らすだけのクッソつまんない爆弾』を持って出発した。

彼は『戦士』と接触して設置を依頼する役目だった。外見上はスタッフの中で最も東洋人に見えるので、日本では目立たない。それで外回り要員となっている。帰りに冷凍された有名ラーメン店の無人販売所で、数種類のラーメンを購入するという追加任務も課されていた。そのため、クーラーボックスがビギエフの車の助手席に置かれている。

ナターリアのストレスがピークなのと、期日通りに爆弾を作ったご褒美として、タチアナが許可したのだった。

作戦の最終段階は、元・アメリカ国防総省次官補ディビッド・C・ミラーを指向性爆弾で暗殺することだが、正確に爆破できるか細かい調整が必要なので、ご機嫌取りの側面もある。

ナターリアの爆弾を受け渡す場所は、川崎市だった。『戦士』の本拠地は大田区と多摩川を挟んで対岸の川崎市にあり、こうした犯罪者が県境に住むのは、少し移動するだけで、警察の所轄が変わるからである。

ワシーリたち『ベル』がセーフハウスとして使っている弐腹集落も、山梨県との県境に近い。

等身大の黄色い熊のぬいぐるみが、この弐腹集落には大量にあり、住民を殺して背乗りした中国人は、それを蹴ったり、殴ったり、ナイフで刺したり、銃で撃ったりして遊んでいる。

そのうちのいくつかをワシーリは譲ってもらい、指向性爆弾の実験に使うつもりだった。ダミー人形の代替だった。

「熊さん可哀想じゃん。なんでここの連中はイジメるの？」

テディベアを『イワン雷帝』と名付けて可愛がっているナターリアが唇を尖らせて文句を言う。

ギタリストのヴェーラが、その熊を主人公にしたアニメーションのテーマソングをアコースティックギターでかき鳴らして、「抑圧ぅぅされているからさぁぁ」と替え歌を歌う。

ナイフに研ぎを入れていたルフィーナが思わず吹き出す。

「バカもう、指切るとこだったじゃんか」

ヴェーラを殴るふりをすると、彼女はギターを抱えて大げさに逃げる。二人はきゃたきゃたと笑い、ナターリアだけがキョトンとしていた。

「黄色い熊に抑圧されているの？　変なの」

ノートパソコンに向かって作業をしていたワシーリが、じゃれ合う三人に目を細める。

「権力者に服従する素振りを見せながら、心の底では舌を出しているんだよ。たくましい民族さ。その象徴がアニメーションで描かれた黄色い熊なんだ。権力者が黄色い熊に似ていて、それを揶揄することで溜飲を下げていたんだろうね」

日本通のポリーナが得意気な顔で続ける。

「ポリーナ知ってる！　『面従腹背』って言うんだよ！」

ワシーリが笑ってポリーナを褒めた。

「そうだ。ポリーナはよく日本語を勉強しているな」

ポリーナがくすぐったそうに身をすくめて「えへへ」と笑う。その姿に対抗心を燃やしたのか、ヴェーラが知識を披露した。

「黄色い熊を禁止ワードにしたんだって。場合によっちゃ逮捕で矯正キャンプ送りなんだってさ」

ヴェーラの説明を受けて、ナターリアが渋面をつくる。

「うへぇ。ドン引き」

都内では、ドローンの飛行は禁止になっている。なので、爆弾を運搬しているビギエフは、弐腹集落を出ると、孤立無援だった。

戦場での慰問にかこつけての作戦行動が多かったので、上空からの偵察としてドローンは必須だった。今はそれがない。銃弾飛び交う最前線より、安心安全な腑抜けたお花畑の国である日本の方が不安になるのは、皮肉だった。

途中ガソリンスタンドに寄って給油し、青梅、八王子を経て川崎に向かう。

手順通り、何度も不必要に方向転換をし、路上駐車をするなどして尾行の有無を確認したが、拍子抜けするほど何もない。手順をくり返すのが馬鹿々々しくなる。

「あ、これが、日本にいると腕が鈍るってヤツか……」

諜報員や犯罪者は常に緊張を強いられている。だが、日本ではそれが弛緩し、緊張が持続しない。

結局、ビギエフは面倒になって手順を省略することにしてしまった。日本で手強いとされている『公安』の影すらないことが警戒心を緩くさせている。

アメリカの非合法な極東浸透部隊『４４２』は警戒すべき相手だが、ワシーリが使っている信頼できる情報筋では人員の集結が間に合っていないらしい。

組織力ということになれば『ベル』に軍配が上がる。そもそも、『442』にせよ、公安にせよ、『ベル』が何者かすらわかっていないのだ。代理人であるワシーリと事務担当のボリスぐらいしか面(めん)は割れていない。

ビギエフは、そのワシーリに依頼された日本人の運び屋という設定だ。取引相手の『戦士』たちですら『夜の魔女』のスタッフが『ベル』の構成員を兼ねているとは思うまい。

ビギエフが運転する車は、川崎市に入った。待ち合わせ場所は、鴫沼(しぎぬま)という東京都狛江(こまえ)市との境にある一角だった。

バブル経済時代にベッドタウンとして無理やり開発したエリアということもあり、今はすっかり寂(さび)れていて『貧乏人御用達』という不名誉な仇名(あだな)がついている場所だ。

都心へのアクセスの良さに惹かれて引っ越してきたファミリー層は殆(ほとん)ど流出してしまっていて、不法滞在の外国人、引っ越す気力のない高齢者、本物の貧困層しか残っておらず、治安は最悪だった。

警視庁と神奈川県警の所轄の境ということもあり、犯罪者が住まうのにいい条件が揃(そろ)っていた。

落書きが多く、空き家は荒らされて、ほとんどの窓ガラスが割られている。放火でもあったのか、黒焦げのまま放置されている空き家もあった。

ビギエフは、指定の場所に駐車してクラクションを鳴らす。それが到着の合図だった。雑居ビルと雑居ビルの間にある路地である。前後を挟まれたら逃げ道がない地形で、何の武装もしていないことが、不安に思える場所だった。

正面に、ビギエフが運転している車と同じ白いトヨタ・ハイエースが停まる。路地には入ってこずに、ヘッドライトをパッシングさせた。

「微速で車を寄せろ」

助手席から身を乗り出した男からの指示は日本語だった。いわゆる外人訛(なま)りのない流暢(りゅうちょう)な日本語だ。

「わかった」

返事をしてビギエフは、人が歩く程度の速度で前に進む。

「そこで停まれ。『荷物』を地面に置いて、そのままバックして去れ」

違和感があった。いやに『戦士』が神経質だった。否(いな)、苛ついていると言っていい。

――この過剰な警戒の仕方は何だ？

この連中に、爆弾を任せていいのかどうか、ビギエフに迷いが生じた。ワシーリに報告を入れようとして、やっとのことで思いとどまる。

この段階で、スマホに手を伸ばせば、どこかに隠れている狙撃手に撃たれるという予感があった。

ビギエフは、指示通りに爆弾を地面に置き、ハイエースをバックさせて帰路につく。

やっとワシーリに報告を入れることができたのは、狛江市に入ってからだった。

▽▽▽

代々木の『イラン日本交流機構』を監視するポジションに、『442』全員が集まっていた。『ルーミー』が二台。マグネットシートで同じ会社のロゴをつけているので、外回りの営業同士が情報交換している風に見える。

拷問で『イラン日本交流機構』の密告屋であるアリーから、工作員が誰なのかを聞き出していた。外交部長のタウフィーク・アフマド・ヒダヤットという初老の老人がそうだった。

ヒダヤットは、人の好さそうな無害な人物に見えるが、実は元・イラン情報省外部局の特務機関『ズールハーネ』――通称『道場』――の諜報員である。

要人の暗殺や、反乱分子の洗い出しを担当していた非合法な組織で、海外在住の体制に批判的な作家や、ジャーナリストを殺害したのが発覚して国際的に非難され、表向きは解散していた。

実態はそのまま残っており、ヒダヤットのような幹部の下に『戦士』と呼ばれる部下が十数人ついている。これが各国に点在していて、非合法な『秘密警察』となっている。

日本では、旧『ズールハーネ』が在日中東系住民に対する統制機関となっていて、彼らに恐れられていた。

「本国じゃ、ＮＹに『秘密警察』があって、ＳＷＡＴの強襲で潰されたって？」

のんびりした声で言ったのはワタナベだった。『ルーミー』２号車に寄りかかってバーガーをパクついているスズキが、スプライトで口の中のバーガーを流し込みながら、

「中国の『秘密警察』も潰されたそうだぜ」

と補足する。アメリカにおける中国の諜報組織の検挙は、アジア各地で浸透作戦を展開している『４４２』の功績だった。彼らは存在が非合法なので、誰にも称えられることはないが。

日本に集結している『４４２』は、その中でも腕のいい連中だった。他は、着手

中の案件があって、すぐには日本に行けないが、案件が片付き次第日本に向かうことになっている。

「短期決戦になるな。我々だけでやるしかあるまい」

『ルーミー』2号車のボンネットに置かれた、ペットボトルのスプライトに手を伸ばしながら、リーダーのタナカが言う。スプライトはスズキがさっとかっぱらった。

「一口くれよ」

「やだよ」

などのやりとりを見ながら、元SWAT狙撃手のササキがため息をつく。

「ヒダヤットの拉致作戦に、狙撃手は必要か？　タナカ」

タナカの担当地域は日本だった。日本の情報はタナカに集約されている。

「さぁ？　基本的に『戦士』は川崎市内に点在、ヒダヤットは港区在住だからな。ドンパチにはならんと予想している」

幹部と『戦士』が別々に暮らしているのは、珍しいパターンだった。『戦士』が幹部の護衛を兼ねている場合が多いからだ。

日本は平和すぎて、固まって暮らしていると目立ちすぎるので点在しているのではないかとタナカは推理していた。一種の油断だ。

諜報機関は日本に来ると腕が鈍る。日本が無防備なお花畑すぎて、血反吐を吐いて習得した技術を発揮できないからだ。タナカは例外だ。腕を鈍らせないため、無作為に選んだ市民を殺して、警察に追われるような状況を作り緊張感を維持している。

「お前らと合流するまで、一日だけ先行してヒダヤットを尾行したが、ありゃあ現役の諜報員の動きだったぞ。行動パターン把握まで時間かかるんじゃねぇのか？」

ササキ・ワタナベ組は、『イラン日本交流機構』の監視を担当していた。だから、チンピラジャーナリストの平田に情報を流したアリーを誘拐し、尋問している。アリーの情報源がヒダヤットと知れた以降は、彼に絞って監視を続けていた。

「俺の勘だが、テロ実行まであまり時間がない気がする。多少強引でも、ヒダヤットを拉致した方が良さそうだ。ここで、組み合わせを変える。ササキと俺はヒダヤットを徒歩で尾行。ワタナベとスズキは『ルーミー』1号車、2号車で先行しつつ追尾。今日、仕掛けるぞ」

ヒダヤットは日没後に退社する。他の職員も、この時間まで残っていることが多い。これは、一日五回行われる礼拝（サラート）には、ファジュル（夜明け前）、ズフル（正午過ぎ）、アスル（午後）、マグリブ（日没後）、イシャ（夜）があるが、自宅で行うファジュル、イシャ以外を社屋内で行うためだ。

ワタナベに拷問されササキが死を与えたアリーのような破戒者は例外で、敬虔な信仰者は礼拝前の清拭（これを『ウドゥー』という）などの手順を含め厳格にこれを行う。

もちろん、アリーのように酒色に耽る者はいない。帰宅し、専門店で購入したハラール認証マークがついた食品を調理して食事をし、読書などをし、就寝前に一日最後の礼拝であるイシャを行って寝るのが、一般的な『イラン日本交流機構』の職員の一日のリズムだ。

ヒダヤットは、他の職員とにこやかに挨拶を交わしながら、退社して千代田線の代々木公園駅から、住居がある表参道駅まで向かう。

帰路、何かを急に思い出した風に途中の駅でドアが閉まる寸前に降りたり、表参道駅で降りずに大手町駅まで乗って、複雑な地下道を通り、東京駅丸の内口にある大型書店に寄ったりして、ランダムに帰宅ルートを変えるのは、諜報員の習性のようなものか。

車でバックアップしつつ、複数の尾行者で追尾するのは、追う側の基本だ。

ヒダヤットのように、電車でドアが閉まる寸前に降りるのは、尾行者を振り切る古典的だが有効なテクニックである。しかし複数人が尾行している場合、一人は置いていかれても、もう一人が追尾できる。

一度、ヒダヤットのテクニックでササキが置いていかれたが、タナカが尾行を続行し、スマホで連絡をとりつつ『ルーミー』がササキをピックアップして先回りし、再びタナカに合流した。今回は、新御茶ノ水駅で降りるパターンだった。

ヒダヤットは、スポーツ用品店や古本屋街をぶらぶらと歩いている。急な方向転換などは、尾行者の有無の確認だ。

「気付かれたか？」

ササキがタナカにぼそりと言う。タナカは小さく首を振った。

「いや、習慣でやっている感じだな」

特務機関『ズールハーネ』が解散の憂き目に遭い、お花畑の日本に異動させられてから五年もの間、緊張感を保ちつつ諜報員としての習慣を維持するのは、たいした精神力だった。

だが、日本で殺人を犯してまでテンションを保つタナカや、中国、韓国、台湾で諜報の最前線を張っていた『442』の方が一枚上手のようだった。

護衛をつけないというヒダヤットの唯一の油断が、命取りになった。神保町界隈という、裏路地に入ると複雑な地形というのも、ヒダヤットにとって運がなかったと言える。

靖国通りに『ルーミー』1号車が停まっているのを確認し、タナカとササキが足を速めた。ヒダヤットの背後から近づいていく。

何か気配を感じたのか、ヒダヤットが肩越しに振り返った。振り返った時には、小型拳銃であるマカロフPMを握っていた。躊躇いなく街中で拳銃を抜くところは、たたき上げの諜報員だった。

「うおっ！」

驚きの声をあげて、タナカとササキが左右に分かれて体を反らす。

どっちを狙うか、一瞬だけヒダヤットが迷い、その隙にササキがショルダーホルスターからベレッタM9を抜く。

ダブルタップで、ヒダヤットが二発タナカを撃つ。軍隊式だ。銃声が軽い。専用のマカロフ弾ではなく、旧・東ドイツの警察で使われていた二十二口径LR弾を使用するヴァージョンらしいことが知れた。

逃げるための威圧射撃なので、大雑把な狙いだったが、一発はタナカの肩を掠め、もう一発は不運な通行人の若い女性の横顔に偶然当たって盲管銃創となった。

威力の小さい小口径の弾は、頭蓋骨に当たると貫通しても銃弾は潰れて変形し、威力は減衰して頭蓋骨内を跳ね回る。つまり、脳をシェイクするのだ。

糸の切れた人形のようにストンと、若い女性が尻もちをついて植え込みに寄りかかる。即死だった。

　ササキが斜めに傾いた体勢のまま二発応射した。一発はヒダヤットの膝に、もう一発は脇腹を貫通して壁にめり込んだ。

　頽れる体を壁に肩を打ち付けて支え、自分の頭を撃って自害しようとしたヒダヤットのマカロフPMを、駆け寄ったタナカがぶん殴って銃口を逸らす。

　マカロフPMが暴発し、地面に跳弾して火花が散った。

　そのまま、タナカがぐいぐいと壁にヒダヤットを押し付けて、老舗の喫茶店と雑居ビルの間の路地に押し込む。

　ヒダヤットの手首を捻って折った際に、地面に落ちたマカロフPMを拾って、ササキがもみ合うタナカとヒダヤットを体で隠した。

　銃声がしても、夜の帳が下りつつある神保町を歩く人々は何が起きているのかわかっていない。歩きながらスマホをいじっているばかりだった。

　ワタナベが運転する『ルーミー』が、急行してくる。

　やっと、倒れた女性に気が付いた学生らしき男性が、

「どうしたんですか？」

　などと話しかけている。ヒダヤットを拉致するのに邪魔だった。

「どけ！」

　ササキが怒鳴って、拾ったマカロフPMで学生を二発撃つ。学生は棒のように倒

れて植え込みに頭を突っ込み、ピクリとも動かなくなった。

「急げ！　車に積むんだ」

違法に電圧を強化したスタンガンをヒダヤットに押し付けながら、タナカが叫ぶ。

ヒダヤットは白目を剝いて痙攣していた。

ワタナベの『ルーミー』が到着すると同時に、ササキがドアを開けてタナカを待つ。

タナカは半ば気を失ったヒダヤットを車に放り込み、そのまま後部座席に座る。

ササキは助手席に座って、

「いいぞ、行け」

と、ワタナベに指示を飛ばしていた。

慌てることなく『ルーミー』は靖国通りの車の流れに乗った。

▽▽▽

「ひどい現場になった」

惨状を見て、真波が愚痴る。ホテルの一室には六人の死体があり、おそらく火薬の量は減らしていたのだろうが、手榴弾の破片によって壁は傷だらけになり、窓ガラスは割れてしまっていた。

バルザーニー兄弟はボロクズのようになって、部屋の隅に転がっている。検死を待つまでもなく即死だとわかった。

大麻の袋は破けて部屋中に乾燥大麻が散らばっている状態で、室内に漂う独特の臭気に吐き気がした。

萩生が『戦士』を一人逃がしたのは打合せ通りだ。

防弾チョッキを撃って『本気で殺そうとした』と思わせ、負傷させることで恐怖を植え付けた。

恐怖に駆られた『戦士』は、本能的に安全と思っている場所に逃げ込む。とりわけ負傷しているなら思考は著しく低下する。

逃げた『戦士』を追尾するのは、屋上から発進したドローンの役目だ。待機していた乗用車に乗った『戦士』は、川崎市方面に向かって走っているらしい。

逐次、網野から報告が入る。

公安機動捜査隊長の早川からは、

「この事案はテロにつながる要素があることから、隠蔽することとした。鑑識と隠蔽班が到着するまで、現場を保持せよ」

という指令が出されていて、真波・萩生コンビは待機中だった。

「悪かったって」

真波の沈黙を『非難』ととった萩生が、がりがりと頭を掻いて謝罪する。容赦ない戦闘にドン引きしたのは事実だが、萩生は『兵士』としてテロリストと戦ったに過ぎないことは真波も理解していた。

「驚いただけだ。怒っていない」

真波の返答に萩生が肩をすくめる。

「俺がいた場所じゃ、テロリストは自爆装置とセットだったんだ。『生きて虜囚の辱を受けず』ってやつさ。これでずいぶん犠牲者が出ているからね」

日本にいては、想像がつかないことだ。どんな地獄を見てきたのか、真波に微かな同情心が湧く。それに、垣間見せる『怒り』みたいなものが、これに起因していることもわかった。

『うちの子、川崎市のアジトを特定。座標を送りますね』

網野が伝えてきた。

大田区との境にあるエリアだった。

「なんで川崎市には犯罪者が多いんだ？」

大森周辺にあるセーフハウスを検索している真波に、萩生が話しかけた。

「川崎市に限らんよ。県境は狙われやすいんだ。所轄が違うからな」

川崎市は神奈川県警、大田区は警視庁が管轄になる。

「ああ、知ってるぜ。所轄同士の縄張り争いだろ？　ドラマなどでは定番だな」

ポケットから弾を出して、発砲した分を補充しながら、萩生が知識を披露する。

真波が苦笑を浮かべた。

「他県にまたがる捜査を『捜査共助』というんだが、ドラマのような縄張り争いはないな。意外に思うかもしれんが、手柄は平等に分け合うんだよ。だけど、ひと手間かかるのは事実だから、犯罪者には有利かな」

萩生が感心して、

「ドラマとは違うんだな」

と呟く。

「けっこうリアルだなと思うドラマもあるがね。そういうのは、警察ＯＢがアドバイザーで入っているんだろうよ」

そんなことを言いながら、真波がスマホの画面を萩生に見せる。

「六郷土手（ろくごうどて）に公安が押さえている廃ビルがある。鑑識と隠蔽班が到着したら、そこに移動する。屋上の森川も移動だな。一緒に連れてゆくか」

萩生が「わかった」と頷く。

拠点の移動の許可を、真波が佐藤に依頼するために電話を入れる。

「代理で決裁作っておきます。決裁に使う印鑑は真波さんの机の中にあるのを使っていいですかね？」

「構わん。使ってくれ」

「今は、隠蔽のための根回しで早川隊長は忙しいみたいなので、頃合いを見て裁可を受けておきますよ」

佐藤が事務を引き受けてくれた。あとは電源と鍵だが、佐藤が隠し場所を調べて送ってくれるそうだ。

「あと、そのビル心霊スポットらしいですけど、大丈夫ですか」

ケラケラと佐藤が笑って電話を切る。真波が鼻で笑った。

「森川には黙っておくか？」

と、萩生が肩をすくめてポツンと言った。

ホテルからは宿泊客に、小火が発生したが鎮火したとアナウンスがなされた。

消防車と救急車も到着し、それに紛れるようにして鑑識と公安の隠蔽班も到着した。

真波と萩生は、念のため指紋を鑑識に提出し、ＤＮＡ鑑定用に採取キットも提出した。萩生は服に血が飛び散っていたが、これは返り血で負傷はしていない。

ブルーシートで現場は隠され、同じフロアの宿泊客は、ホテルの従業員に誘導されて代替の部屋に移っていった。

萩生はシャワーを浴びて返り血を落としたあと、予備の服に着替え、汚れた服は証拠品として鑑識に提出した。

隠蔽班は『事件がなかったことにする』ための偽装を専門にしている特別作業班で、犯人をわざと逃がす『泳がせ捜査』をする公安の秘匿(ひとく)されたセクションだった。

班長は五十代半ばのベテラン警部で、真波からFAXで送られてきた『隠蔽許可書』の写しをポケットにしまうと、二人に行っていいと身振りで示した。

「刑事っていうより、工務店の人みたいだな」

エレベーターで防災センターがある地下に向かいながら、萩生が言う。

「まぁ、やることは工務店や特殊清掃業者に近いけどね」

真波が一般には知られていない班を説明する。

防災センターに寄って礼を述べると、真波と萩生は地下駐車場に向かう。すると、首に汚いタオルを巻いた蓬髪(ほうはつ)の痩せた男がインプレッサの横に立っているのに気付いた。背はそれほど高くない。百六十五センチくらいか。

「ホテルのタオルはレンタルなので、全部没収されたぞ」

挨拶抜きでそんなことを、その男は言った。

「あんたが森川か？」

萩生が人懐っこい笑顔で聞く。

「そうだ」

むすっとしたままの顔で、森川がそう答える。

「いいから、乗れ」

運転席に着きながら真波が命令する。途端に気弱になって、ぺこぺこと頭を下げてインプレッサの後部座席に森川が座った。高圧的に出られると急に腰が引けるタイプらしい。

「真波の旦那、ホームセンターに寄って、タオルまとめ買いしてくださいよ。タオルないと不安なんですよ」

泣き言を言う。助手席の萩生が苦笑を浮かべた。

「寄ってやるから、黙れ。それと、髪を切れ。見苦しい」

真波が舌打ちして答える。森川は身をすくめたが、髪を切ることに関しては拒否した。

「髪は暖かいんですよ！　冬に重宝（ちょうほう）するんです」

わかったようなわからないような言い訳だ。

「もうすぐ夏だぜ？」

萩生が言うと、森川はキッと彼を睨んだ。

「冬目前に伸ばそうと思っても、間に合わないでしょうが！」

森川の反論に、

「もっともだ」

と萩生が答えた。


かつて、大田区の中でも大森駅周辺とは違って、梅屋敷（うめやしき）や六郷土手あたりはあまり治安がいい場所とは言えなかった。現在では粗暴犯は激減し、女性の一人暮らしでも安心できる町となっている。

お隣の川崎市と違って、それほど人口が多くないので、静かで下町情緒があって、住むにはいい場所と言われている。

そこに、事故物件になって不人気になった挙句、廃ビルになってしまったマンションがあった。

そのビルを、国内の極左集団を監視する公安第一課、革マル派といった左翼暴力集団を監視する公安第二課、中国のスパイを監視する外事第二課、北朝鮮のスパイを監視する外事第三課が、監視拠点として共同で借り上げている。

外見は廃墟だが、電気、ガス、水道は通っていて、内装も整えられている。監視に使われる部屋には、エアコンとユニットバスまでついていて、定期的に清掃も入っているらしい。

「埃にまみれて、ダニに食われ、汗みずくで監視しなくていいのは、助かるな」

着替えなどが入った手荷物を部屋に放り込んで、萩生が組み立て式の簡易ベッドに腰かけて部屋を見回す。

いちいち靴を脱がなくて済むように、部屋は土足で暮らせるようになっている。

森川は、ドローン整備用の道具箱とタオルが詰め込まれたボストンバッグ、机代わりになるクーラーボックスを屋上に運び込んでいた。

屋上からも監視ができるように、雨風を凌ぐためのタープが張ってある。

すでに網野がドローン群をホテルからこの屋上に飛ばしており、多摩川を挟んで川崎市まで監視できるように準備を整えていた。

神奈川県警とは『捜査共助』の協定を結び、ドローン飛行の特例を認めてもらっている。

そのあたりは、管轄は違えど公安同士の連携というわけだ。

「さて、逃げた『戦士』は何をするつもりかな?」

ドローンが撮影した映像を映し出すためのノートパソコンを起動させながら、真波が呟いた。

第九章

射撃場だった場所を潰して、合板で大隈記念講堂のバックヤードを再現する。

撤収の途中で警備員と遭遇したという想定のシミュレーションを行う。これから、想定しうる様々な状況を、ここで演習するわけだ。

「これが始まると、いよいよ本番って気がするね」

冷凍ではあるが、日本のラーメンを食べてすっかり機嫌が直ったナターリアが、旧日本軍の拳銃『南部十四年式拳銃』に似た組み立て式拳銃『栗鼠（ビエーウカ）』を構えながら言う。実弾は装塡されておらず、その代わりペイント弾が装塡されていた。

「日本人の警備員なんか、あたしらの敵じゃないっしょ」

ゴム製のナイフを警備員役の『ベル』構成員の喉に突きつけ、ダークブルーの髪を搔（か）き上げながらルフィーナが言う。訓練を受けたワシーリの部下でも、体格で劣るルフィーナに格闘戦では歯が立たないようだった。

「たしかに。可哀想だからなるべく殺さないようにね」

作戦立案を任されたタチアナは微笑んだ。『ベル』の狼たちの仕上がりは上々だった。

現場で銃を抜いたことすらない警察官が相手では、到底『ベル』には対抗できない。機動隊でも無理だろう。

警視庁の対テロの切り札である『特殊急襲部隊(SAT)』なら、なんとか対抗できそうだが、それでも『ベル』とは潜(くぐ)ってきた実戦の数が違う。ギリギリの場面で勝敗を分けるのは、人を殺した数だ。『特殊急襲部隊』と『ベル』では人を殺した数の桁(けた)が違う。

「問題は、アメリカのならず者集団『442』よね」

パイプに弾倉をつけただけに見える『ステンマークⅡ』のレプリカである短機関銃『狐(リサー)』の薬室に装弾子(クリップ)で束ねられた十五発の弾を指で押し込みつつ、ギタリストのヴェーラが呟いた。

「前回の『任務』でアメちゃん怒り心頭なんだけど、『442』をかき集めたとしても三、四人だろうって、パーパは予想してる。あたしもそう思う」

ヴェーラに応えたタチアナは、来日してからすっかり気に入った『ほうじ茶』を、気持ちを落ち着かせようとひと口飲んだ。

「日本に一人、ビザ無しで入国できる韓国から一人、台湾からも誰かしらいるよね。これで三人か」

二丁の『栗鼠』を使いこなすドラムス担当のポリーナが、ショルダーホルスターとヒップホルスターに『栗鼠』を収めながら言う。

「『442』はたしかに実戦経験は豊富。だけど、人数が足りない。やはり、あたしらの敵じゃない」

ナターリアが『狐』をタップ撃ちしながら、自信満々で宣言する。

簡素な造りの『狐』には銃の反動を抑え、命中精度を高める『三点バースト』や『単発』などの機能はついていない。トリガーを引いたり戻したりをくり返して二、三発断続的に撃つしかない。これを『タップ撃ち』という。

「訓練は順調、敵は弱い、ゲームはぬるゲー、あんたはよくやってるよ、タチアナ。なのになんで心配顔なの？」

訓練を終えてゴムナイフをホルスターに収めながら、ルフィーナがタチアナに問う。

「……パーパが、雇い主代理のヒダヤットに呼び出されたのが気になる。悪い予感がするのよ」

ルフィーナが不安気に視線を落とすタチアナの髪を宥(なだ)めるように指で梳(す)き、頰を撫でた。

「あの、パーパだよ？　心配しすぎだって」

二人の様子を見ていたポリーナが会話に加わる。

「ポリーナ知ってる！　『杞憂』って言うんだよ」

心配されているのに気付いて、タチアナが微笑を浮かべた。それは、間近で見ているルフィーナが同性なのに見とれてしまうほどの憂いを帯びた美しい顔だった。少女から大人に変わるその境目の危うい美しさである。

「そうね。パーパを信じよう」


ヒダヤットからの連絡を受け、東洋人に見えるビギエフが白のスズキ・エブリイワゴンの運転席に、キャップを目深にかぶったワシーリが助手席に座っていた。軽ワゴン車なのは、それがありふれていて目立たないから。白の塗装だと、更に目立たない。

目的地は八王子駅。『ベル』の依頼主は、息子や娘が戦場で炊き出しなどのボランティア活動をしていて、誤爆に巻き込まれて死んだ、精神的な支柱と呼ばれて尊敬されている中東の指導者たちだった。

誤爆を誘発する偽情報を流したのは、同胞であることには気付いておらず、爆撃を敢行したアメリカをひたすら恨んでいる状況だった。

これまでの経験上、最も口うるさいクライアントはこうした中東の指導者であることをワシーリは知っている。

なので、今回も『中間報告が欲しい』というヒダヤットの申し入れに、面倒だなとは思ったものの、不自然とは思わなかった。

むしろ、中間報告をクライアントにせっつかれるヒダヤットに同情すらしていた。

証拠を残さないために、メールではなく口頭で連絡を入れてくるあたり、古い諜報畑の同志的な感覚で、やや好意を持っている。

念のため、声紋を確認してヒダヤット本人であることも確認しておいた。武装は『栗鼠』だけを携行している。これも念のためだ。使うような羽目(はめ)にはならないと予想はしていたが。

「もうすぐ八王子です」

ビギエフが報告する。

「駐車せずにぐるっと回ってくれ」

「かしこまりました」

駐停車できる場所を探している風に、ゆっくりと駅前のロータリーを走る。

ワシーリは、キャップの庇(ひさし)の陰から、待ち合わせ場所を観察する。ヒダヤットは、諜報畑の古参だ。狙撃される可能性のある場所を避けるのは基本中の基本だ。

場所選びが試金石になる。

「くそ、罠だ。なめやがって」

待ち合わせ場所は、駅前ロータリーの中にある交番に近い開けた場所だった。ヒダヤットなら選ばないし、ワシーリも選ばない。

どこかに狙撃手（スナイパー）がいる。ワシーリは慎重な性格なので、使用する車種まで嘘を伝えていた。

「動きで偽装がバレている可能性がある。時間もズラせばよかったんだが、油断した。日本の弊害だな。腕が鈍る」

駐車場所がなくて諦めた風を装って、ビギエフが駅前ロータリーを離れる。

ピシリと音がして、運転席の窓に罅（ひび）が入ったのはその時だ。

「防弾ガラスなのがバレた。特定されているぞ！　逃げろ」

車が揺れる。運転席のドアに着弾したのだ。ドアには防弾の鋼板が仕込んであるので貫通はしなかったが、これでワシーリの車であることに確証が得られたことだろう。

「ヒダヤットが『442』に確保されたのは間違いない。我々は引きずり出されたようだ」

アクセルを踏み、クラクションを鳴らして信号無視の歩行者を飛び退（の）かせなが

ら、

「どうします?」

と、ビギエフがワシーリに指示を仰いだ。

「弐腹(にはら)集落を特定させるわけにはいかん。我々だけで『442』と戦うしかない」

ワシーリが忙しく脳を回転させる。

「敵の弱点は?」

「急造のチームなので人数が少ないこと」

「狙撃手の発射間隔は?」

「短い。観測手(スポッター)がいるはず」

窓を撃ち、ドアを撃った。こっちの防備を確認する狙撃だ。単独での狙撃なら、撃ったあとにスコープを覗きなおし、着弾を確認してから撃つ。だが、間髪(かんぱつ)入れずに窓・ドアと撃ってきた。

「よし、合格だ、ビギエフ。動揺せずによく推理した」

「こんな時でも授業ですか?　アタマオカシイですよ、ワシーリさん」

笑い声が車内に上がる。

「次はどこを撃ってくるかな?」

ワシーリの問いにビギエフが答えた。

「タイヤですね」

ガクンと車が揺れた。音の響きからして、タイヤが撃たれたのがわかった。

「正解だ」

白のスズキ・エブリイワゴンは、傾くことなく走行を続けることができている。この軽ワゴンが履いているタイヤは、米軍のハンヴィーなどの軍用車の『ノーパンクタイヤ』を模したものだった。撃たれてもそれほど影響はない。

ビギエフがクラクションを鳴らしながら乱暴に運転するのはわざとだ。普通は、こんな正気とは思えない暴走車が走っていたら、道を開ける。追尾してくるのは、警察か敵だ。

天井がガンと音を立てる。天井を狙撃銃で抜けるかの実験だろう。続けて後部ハッチの窓にビシリビシリと連続で着弾して罅が入る。視界を悪くするためだ。

「追ってくるな」

ただでさえ人数が少ない『442』だが、狙撃手と観測手で二名の人員を割かれている。残りは一名か二名といったところだろう。

狙撃の射程距離から離れつつある今、ワシーリ側に勝ちの目が見えてきた。

ほっと息を吐く間もなく運転席側のサイドミラーが消失する。八王子駅周辺のビルの屋上から撃っていたとして、距離はもう四百メートルほど離れている。それにもかかわらずピンポイントでサイドミラーを潰すあたり、かなり腕がいい狙撃手だとわかる。

「車を降りていたら、撃たれていましたね」

額に浮かんだ汗を袖で乱暴に拭いながら、ビギエフがため息交じりに言う。実に危ないところだった。

「追う動きがある車が一台。白のトヨタ・ルーミーだな。あれが『442』だ」

交番の前を暴走車として通過したが、警察官はポカンと口を開けて見ていただけだ。

パトカーの到着はもう少し後だろう。

「追跡車両は一台だけだ。奴らの腕を試す。練習通り、ターンさせろ」

そう言いながら、ショルダーホルスターから『栗鼠』を抜いて、安全装置を外してコッキングピースを引く。これで初弾が薬室に装弾された。そのうえで、助手席側の窓を開ける。

「準備できた」

「それじゃ、いきます。舌噛まないでくださいよ」

そう宣言して、ビギエフがサイドブレーキを思い切り引く。ゴムの焦げる臭いをさせて『エブリイ』のタイヤが化鳥の悲鳴のような甲高い音を立てた。

タイヤがロックされ、車体はスピンして回転している。車体が真後ろを向いたタイミングでサイドブレーキを戻し、ギアをバックに入れアクセルを踏む。わざわざ旧式のサイドブレーキをつけているのは、この急転回をさせるためだ。アメリカのシークレットサービスなどが練習する『スピンターン』というテクニックだ。

窓枠で体を支えたワシーリが身を乗り出して『栗鼠』を構えた。追尾してきた『ルーミー』を二発撃つ。

相手のフロントガラスに二つの穴が開いた。防弾ではないらしい。『442』の油断だ。準備の時間と人員が足りないのだろう。

運転席の男と、助手席の男が体を横にして、射線から逃れるのが見えた。

ワシーリは、構わず『栗鼠』を連射した。硝煙の糸を引いて、排出された薬莢(やっきょう)が飛んでいく。ガンガンと『ルーミー』のフロントグリルに火花が散った。

9ミリパラベラム弾ではエンジンブロックに損傷を与えることはできないだろうが、威圧にはなった。

それに相手が準備不足であることが知れたのは大きい。

八発を撃ち切り、

「戻せ！」

と、ワシーリがビギエフに指示を飛ばす。ビギエフは、再びサイドブレーキを引い

て、車体をスピンさせ、今度は正面を向いたタイミングでサイドブレーキを戻した。

ギアをドライブにシフトしてアクセルを踏む。

その間『ルーミー』の助手席から手だけ出して、ＭＰ５らしき短機関銃から応射がばら撒かれた。狙いも何もない。単なる威嚇射撃だ。

閉まりかけた窓から一発だけ偶然銃弾が入り込み、車内で跳弾する。鋼板で補強されているので、どこかに食い込んで止まるということがない。

「くそ！」

肩の肉を少し削られて、ビギエフが悪態をついた。

「ワシーリさん！　大丈夫でしたか！」

横目でビギエフが助手席を見る。『栗鼠』にマガジンを装填しようとしていたワシーリが、それを取り落とすところが見えた。

「運がなかった」

ポツリとワシーリが呟く。その脇腹はぐっしょりと血で汚れていた。

▽▽▽

「あれ、怪しくないか？」

運転席のワタナベが助手席のタナカに言う。

「あの、白の『エブリイ』か？　たしかに臭うな」

オペラグラスで、タナカが『エブリイ』の運転席を観察する。若い日本人男性と、キャップを目深にかぶった大柄な中年男性が見える。配送会社のロゴが側面のスライドドアに描かれてあった。

一見すると何も不審なところはない。強いて言うなら、運転席の若い男の目つきが気に入らない程度か。

日本人の男の目には危機感がない。諜報の世界に身を置いていると、彼らは腑抜けた馬鹿面に見える。だが、タナカから見ると運転手の男にはそれがない。

「ヒダヤットの音声を合成して呼び出した時の目印は黒の『アルファード』だったよな」

ワタナベが確認する。精密機械を分解するように、ヒダヤットを壊していき、情報を全て吐かせたのは彼だ。歴戦の勇者でも、ワタナベの職人技にはかなわなかったというわけだ。

ヒダヤットは、今は調布市にある廃屋で静かに朽ちているところだ。痛みも使命もない静謐の中にいる。

「まぁ、相手もプロだからな。言った通りの車種で来るわけないわな」

タナカが鼻で笑って、無線機のスイッチを入れた。ササキとスズキが『セレオ八王子』という駅ビルの屋上に陣取っていて、狙撃ポジションについていた。そこに連絡を入れる。

「スズキ、駅前ロータリーをゆっくり回っている白の『エブリイ』が見えるな？」

『ああ、見える』

「あれを撃て。運転席の男の頭を吹っ飛ばすんだ」

『了解』

駅ビルの『セレオ八王子』の屋上にはフットサル場と貸し菜園があり、フットサル場は貸し切りにして、屋上菜園の緑に隠れて狙撃銃を据えていた。

老夫婦が土いじりをしていたが、ナイフで殺害して薔薇の花壇に押し込んで隠してある。狙撃に邪魔だからだ。

お爺ちゃん子だったササキは難色を示したが、顔を見られているので、仕方なしに殺害に手を貸してしまった。

ササキが本職である狙撃手。スズキは観測手を務める。スズキは爆弾作りのほか、観測手としての訓練も受けていた。

「準備ができ次第撃っていい」

タナカがスズキに指示を出す。スズキがササキに申し送りした。

「ササキが運転手を仕留めたら、助手席の男を拉致する。多分、あの男が『ベル』の代理人である『ワシーリ』だ」

オペラグラスで観察しているタナカが、運転席側の窓に罅(ひび)が入るのを見た。だがそれだけだった。弾は貫通しなかったのだ。

「防弾ガラスだ。間違いない、『ベル』の尻尾を掴んだぞ！　追え！」

駐車場所を探している偽装をかなぐり捨て『エブリイ』が急発進した。ドアと後部ハッチの窓にササキの銃弾が着弾したが、全て貫通しない。車体に防弾用の鋼板を仕込んでいるのだ。

重量がかさむので、おそらくエンジンもいじっている。見た目は『エブリイ』だが、戦闘車両と思った方がいい。

ササキがタイヤを撃っている。予想したことだが、軍用のノーパンクタイヤの模造品だった。

「おいおい、交番の近くだぞ？」

のんびりした声でワタナベが面白がる。

「銃を抜いたこともない日本のお巡りさんに何ができる」

タナカが足元のバッグから、ＭＰ５を取り出した。日本の特殊急襲部隊でも使われている優秀な短機関銃だ。

コックを引き、マガジンを嵌め込み、上からコックを叩いて初弾を薬室に装弾した。

ササキに撃たれながら『エブリイ』は八王子駅から逃げる。クラクションを鳴らし、他の乗用車に側面をぶつけながら、道を拓いてゆく。

「ああ、楽しくなってきたな」

タナカが笑う。退屈な日本がほとほと嫌になっていて、殺しの本能を鈍らせないために罪もない日本人を定期的に殺しているような男だ。

今の混乱状態は楽しくてしょうがないのだ。

『射程外だ。っていうか、撃ってもしょうがねぇので、お前らを追うぜ』

スズキから通信が入った。

「そうしてくれ。こっちはお祭りになってるぜ。早く来いよ」

そんな通信をしていると、『エブリイ』がタイヤをロックさせてスピンした。ただし、これは事故ではなくて『スピンターン』という一瞬で車の向きを百八十度回転させるテクニックであった。器用にバックのまま走っている。

助手席の男が、身を乗り出して銃を撃ってくるのがタナカに見えた。

「あぶねぇ」

フロントガラスに着弾して、貫通する。ワタナベとタナカが体を横に倒して射線から逃れた。乗車中に正面から撃たれた場合、エンジンブロックを盾にするのは、定石（じょうせき）だ。

「やるなぁ！　さすが、伝説の『ベル』だよ」

タナカが窓を開けて、ＭＰ５を突き出す。

フルオートで、再びスピンターンをして車の向きを変える『エブリイ』を目視なしで応射した。あっという間に二十発のマガジンを空にする。

『追いついた』

タナカが、マガジンを替えつつ三回目の斉射を終えた頃、ササキとスズキの『ルーミー』が追い付いてきた。貫通はしてないが『エブリイ』は穴だらけで、ブレーキランプは両方とも砕けている。

『左右から挟もう』

運転席にいるスズキから提案があった。撃っても無駄ならこれしかないと、タナカは考えていた。

「スプレッターは持ってきたか？」

『市販品だが、持ってきた』

レスキュー隊も持っている、ひしゃげた車のドアもこじ開ける工具が『油圧スプレッター』だった。拉致が多い『４４２』の基本装備みたいなものだ。

「この先にある電信柱で仕掛けよう。お前らは右側、俺は左側だ」

ＭＰ５に安全装置をかけて、床に置き、シートベルトを付けた。

「いくぜ」

ルーミーが左右に分かれて『エブリイ』に並ぶ。『エブリイ』は意図を察して、左右に車体を振るが、ルーミー二台はがっちりと『エブリイ』を挟んだ。

そのまま、電信柱に突っ込んでいった。

クラクションが鳴りっぱなしなのは、ハンドルが運転手の胸に食い込んでいるからだ。改造車なので、エアバッグなど装備していなかったようだ。時速六十キロで電信柱に突っ込まされた『エブリイ』は、鋼板で補強されているとはいえ、前半分がぺしゃんこに潰れて、衝撃で傾いた電信柱に食い込んでいた。

ラジエーターから漏れたらしい熱湯が地面に流れている。運転席と助手席の男はピクリとも動いていない。死んだか気絶しているらしい。

スプレッターを抱えたスズキが運転席のドアの隙間に、巨大なカニの鋏を思わせるそれを差し込んで、スイッチを入れた。

竜の歯ぎしりみたいな音を立ててドアが蝶番ごと捥げる。

スズキが脇にどくと、ワタナベが、胸骨を骨折しているらしい運転席の若者を引きずり下ろし、地面に転がす。

肺に折れた肋骨が食い込んでいるのか、咳き込むたびに鮮血が口から散った。拘束はしなかった。殆(ほとん)ど死んでいるからだ。武装もしていない。

ナイフでシートベルトを切って、ワタナベが助手席の男を引きずり出そうとした。大柄なので、なかなか車内から引っ張り出せないでいる。

彼の下半身はぐっしょりと血で汚れており、今もジワジワと脇腹から出血していた。

「こいつが、ワシーリか?」

ワタナベが、シートに横倒しになった男の懐(ふところ)を探りながら言う。

車から男を引っ張り出すのを手伝おうと、油圧スプレッターを地面に置いてスズキがワタナベの横に並ぶ。

タナカとササキは運転手の懐やポケットを探っていた。

運転手の男の胸はもう上下しておらず、自発呼吸をしていないのがわかる。瞳孔も拡散しており、死んでいることがわかった。ササキが、「南無阿弥陀仏」と呟きながら、瞼(まぶた)を閉じてやっている。

「重いんだ、こいつ。手伝ってくれよ」

ワタナベの言葉に、スズキが助手席の男の服を摑む。そして、ギョッとして叫んだ。

　助手席の男が手に握っている物を見たからだ。

「爆弾だ！」

　そう言って、爆風から逃れるため前輪のタイヤの横に身を投げる。

　爆弾製造の知識があったからこその一瞬の判断だった。

　ワタナベも真後ろに飛び退く。だが、そこは車内で乱反射した爆風と破片の通り道であった。

　僅かに爆風の通り道から外れていたタナカとササキは、見えない巨人に蹴られたかのように、地面に水平に吹っ飛び、直撃してしまったワタナベの首から上は消失した。

　ほぼ無傷だったのはスズキで、一時的に鼓膜がやられて音が聞こえなくなっただけだった。

　そのスズキが爆発の直前に見たのは、男が握っていた起爆スイッチで、握力がなくなって手を開くと起爆するもの。いわゆる『デッドマンスイッチ』だ。

「くそ！　何が……」

　土埃（つちぼこり）だらけになったタナカがよろめきながら立ち上がる。四つん這（ば）いになってゲーゲー吐いているササキに歩み寄って手を貸し、立ち上がらせる。

スズキが耳の脇で手を叩いて、聴力を確認しながら歩いている。

「爆弾だ。収穫はこれしかない」

液晶画面がひび割れたスマホをタナカに渡す。爆発の直前、助手席の男の懐から抜き取ったものだ。運転手の若者から回収したのも含め、二台のスマホが手に入っただけだった。

「俺はしばらく耳が聞こえない。2号車に乗るから、先導してくれ」

スズキが怒鳴るようにしゃべるのは、爆風は浴びなかったものの至近距離で爆弾が破裂して耳が一時的に聞こえなくなっているから。耳が遠くなった老人の声が大きいのと同じだ。

「とりあえず、このスマホから何か情報をとれるか、試してみよう」

タナカの唇を読んで、スズキが頷いた。そして大きな声で独り言を言う。

「ワタナベは気の毒だった。本当の名前は知らないが」

▽▽▽

六郷土手の廃ビルの監視所で、三ヵ所判明した『戦士』の詰所をドローンで監視する。この情報は、神奈川県警にも共有されていて、国内潜伏のテロ組織監視として蓄積される。A舎、B舎、C舎と便宜上呼ぶことに合意があった。

動きがあったのはすぐだ。A舎の構成員六名が、彼らの公用車であるトヨタ・ハイエースに乗り込み、東京都狛江市と川崎市の境目にある鴫沼という場所に向かったのである。

上空からドローンで監視されているとは思っていない彼らは、無警戒で雑居ビルと雑居ビルの間にある路地で、同じ白いトヨタ・ハイエースに乗った人物と接触した。

何の変哲もないボストンバッグが四つ地面に置かれ、その人物は『戦士』と直接接触することなく、去った。早速ドローンの追跡が始まったが、八王子付近でバッテリーの限界がきて、引き返すことになった。

「これ以上の追跡は無理か？」

萩生が残念がる。

「いや、そうでもない」

真波は落ち着いて、佐藤に電話を入れた。

「Nシステムの使用許可をもらってくれ」

『来る頃だと思いましたので、もうやっておきました。印鑑お借りしてます』

その会話を聞いて、萩生が「あ」と小さく声を上げた。

「警視庁には『自動車ナンバー自動読取装置』があるからな。設置箇所を通れば、この不審車両の行方がわかる」

自動車がこの装置の下を通ると、自動的にナンバーを読み取り、ドライバーの顔まで撮影する装置だ。通称『Nシステム』と呼ばれている。

「警察に目をつけられたら、逃げられんな」

「犯罪者は更にその上をいくんだがね」

残りのドローンがA～C舎の監視業務に戻る。謎の人物から回収した荷物は、今のところA舎から動いておらず、監視続行となった。

「嫌な予感がするぜ？　家宅捜索した方がいいんじゃないか？」

萩生が提案する。真波が首を回して凝りをほぐそうとしていた。ぶっ通しでドローンの映像を観察していたので、疲れも溜まっているのだろう。

「県境の弊害なんだよなぁ。『捜査共助』とはいえ、家宅捜索で何も出ないと、神奈川県の検察の失点になる。『なんで警視庁のリスクを我々が負わないといけないんだ？』と、相手は必ず考えるよ」

犯罪者が好んで県境に住みたがるのは、こうした躊躇が命運を分けるのを知っているからだ。

「気になるな。あの荷物はいったい何だ？」

萩生が連想したのは『手荷物爆弾』だった。配送業者を装って手荷物を届け、それを遠隔で爆発させる手法だ。中東のテロ組織が好んで使う。

置き忘れた鞄を装って爆弾を設置するという技法もある。ただし、落とした財布が中身を抜き取られることもなく交番に届けられる日本では、設置場所からそのまま交番に届けられる可能性が高い。設置場所の精密さが期待できないのだ。

「設置場所の精密さが必要ない場合は？」

真波が萩生に質問する。

「そうだな。殺傷目的ではなく、多くの負傷者を出すためなら、むしろ雑踏に持っていってもらった方がいいな」

それなら、ボストンバッグという形状の方がむしろ良い。

「だんだん怖くなってきた。同時多発テロとか、冗談じゃない」

真波がこめかみを揉む。

「負傷者を多く出す理由は？」

萩生が唸る。真波の懸念が理解できたからだ。

「普通は、陽動だな」

つまりは、より大きなテロを成功させるために、警察を飽和状態にさせるということだ。テロの定石ではある。

「何とか、神奈川県警を動かせないか？　ぜったいにA舎から爆弾が出ると思うぜ」

　萩生が真波に言うが、気持ちはわかっても警察の内情を知っているので、なんとも言えないところだった。

「早川隊長に意見具申はしてみるが、上手くいくとは限らんなぁ」

　萩生も考え込む。

「A舎の誰かを別件逮捕するのはどうだ？　粗暴犯あたりで」

　真波が違法捜査を口にするのは珍しい。それほど、受け取った品物が気になるということだろう。

「もしくは『転び公妨』とかな」

　萩生が真波をからかう。だが、真波は冗談にはとらなかった。

「公安の伝家の宝刀を使うか？」

　佐藤から、Nシステムの追跡結果が来たのは、この時だった。

第十章

佐藤から入った報告は、八王子を過ぎた不審車両が、青梅を経由して奥多摩方面に向かったということだった。

山間部に入ると、Nシステムの装置がないので、設置型のものを置くことにしているらしい。同じナンバーの車が通れば、アラートが鳴るように手配されている。

真波は佐藤に礼を言って、『戦士』の監視に戻った。

短期間だが真波たちが『戦士』たちを観測していてわかったのは、彼らが極めて簡素に暮らしているということだ。清貧（せいひん）と言ってよいほど。

一日五度の礼拝（サラート）を行い、酒色におぼれず、豚やアルコールなどの避けるべき成分を一切含まないことを証明する『ハラール認証』マークがついた食品を専門店で購入し、定められた手順で調理して食べる。

地域コミュニティの決まりごとも守り、評判は悪くない。

過激な凶悪犯罪を起こしたと発覚しても、「まさか、あの人たちが……」と、近所の住民に絶句されるパターンだ。

彼らは中東系のテロ組織の兵隊だが、決して目立たずに、深く静かに浸透するように厳しく指導されているのだろう。

そういう意味で、殺されたバルザーニー兄弟のような単なる犯罪者とは怖さのレベルが違う。

「ハラール認証の販売店が、大田区にある。川崎市内にもあるが、韓国人が『ハラール認証』を偽装して割高で食材を売りつけてから、避ける傾向があるな」

真波が日本を離れていた期間が長い萩生に説明する。川崎市内は韓国人の業者が多く、外国食品を扱うスーパーなどもある。日本人には物珍しさもあって人気だが、敬虔(けいけん)なムスリムを騙(だま)したのは大問題だった。

彼らは川崎市内の韓国系経営者からは何も買わなくなってしまった。代替は多摩川を挟んだ大田区梅屋敷にあるインドネシア人が経営しているスーパーらしい。

毎週水曜日に割引セールがあるので、買い溜めする傾向がある。

「今日は水曜日だから、『戦士』の誰かが買い出しに来る可能性があるな」

大田区に入った段階で、真波は別件逮捕する算段だった。そのうえで尋問し、何を受け取り、それをどうするのかを聞き出すつもりである。

「問題は『戦士』が口を割るかどうかだ」

中東過激派専門の公安警察官の真波は、普段はもっと時間をかけて『地取り』や『敷鑑（しきかん）』を丹念に行い、相手を丸裸にしてから挑む。

「今回は、時間も人員も足りない」

有利な点は、真波の出向先の『公安機動捜査隊』が協力的なのと、隊長の早川警視が根回しを面倒がらずにやってくれていることだ。神奈川県警との『捜査共助』は本当に助かっている。六郷土手の監視所を使わせてもらえるのも早川の尽力だった。

だが、限界はある。これ以上の負担はかけられない。

「尋問は、俺に任せてくれれば、吐かせることはできる。まぁ、警察の尋問とは色々と異なるかもしれんので、黙認していただくのが前提だがね」

萩生がさらっと、怖いことを言った。だが、真波はそれを真剣に検討していた。

真波が外事第四課のエースになったのは、悪を探知する第六感の鋭さだ。「時間がない」と、その第六感が真波に囁（ささや）いている。冷静を装いつつも、実は彼は焦っていた。

「手順を間違えると、証拠としては使えん」

真波の呟きに、萩生が浅く笑った。

「逮捕して拘留しても、外国人はどうせ不起訴だぞ。市民を守る方が優先だと思うぜ、俺は」

その言葉で、真波の決心が固まった。

事前の調べ通りに買い出しの車がA舎から出てきた。そこからB舎、C舎に分配される仕組みだった。

真波と萩生は、彼らが買い物に使うルート上に待機して待ち伏せている。毎回同じルートを使うのは、訓練された工作員らしからぬミスだが、お花畑の日本にいると緊張感が保てないらしい。そういう浸透作戦中の工作員も多い。

グレーのインプレッサを路上駐車して、買い出しの車を待つ。彼らが買い出しに使うのは、ダイハツ『ハイゼットカーゴ』という軽ワゴン車で、商用車として人気がある。ありふれた車種なので目立たない。

バックミラーを見ていた運転席の真波が、

「来たぞ」

と言う。萩生がグローブボックスから用意しておいたマグネット式のパトライトを取り出して、天井にくっつける。

「これ、一度やってみたかったんだよな」

ハイゼットがインプレッサの脇を通過したタイミングで、スイッチを入れた。

車外スピーカーでサイレン音を出して、ハイゼットを追尾した。真波がマイクで、

『前のハイゼット、止まりなさい』

と放送する。ハイゼットは抵抗することなく、素直にハザードをつけて路肩（ろかた）に車を寄せて停車した。

目立たないようにすることが徹底されていて、普段の生活は交通法規も守るし、警察にも従う。無免許運転や暴走をくり返している馬鹿な偽装難民もいるが、あんなのは論外だ。

助手席の萩生がインプレッサから降りて、ハイゼットに近づいてゆく。真波もそれに続いた。

一般市民を演じている『戦士』は困惑した風を装いながら、ひきつった笑顔を浮かべている。これが演技ならたいしたものだ。

萩生が、運転席側の窓をノックする。

「開けてください」

日本の警察官は、最初から威圧するような態度をとらない。そして、銃のグリップに手をかけることもない。相手がだしぬけに銃を抜く世界にいた萩生には、それが居心地悪くて仕方がなかった。

素直に『戦士』は窓を開け、

「わたし日本語わからない」

と、苦笑しながら言う。こう言えば日本の警察官の腰が引けるというマニュアルでもあるらしい。

「問題ない。運転免許証を提示してください」

萩生がネイティブ並みに流暢（りゅうちょう）なペルシャ語で応え、指示を出す。『戦士』はビックリしたようだが、満面の笑みを浮かべた。

「あなたのペルシャ語は、素晴らしいですね。失礼ですが、私に身分証を見せてくれますか？」

そんなことを言いながら、『戦士』が無造作に懐に手を入れる。これはわざとだ。外国の警察官と違って、日本の警察官はこの動作で武器を取り出すのではないかとは警戒しない。『戦士』は偽の警察官ではないかとテストしたのだ。

萩生は、思わずショルダーホルスターの9ミリ拳銃に手を伸ばしそうになりながら、やっとのことで踏みとどまり、胸ポケットから紛失防止の紐（ひも）がついた身分証を取り出し提示する。

公安機動捜査隊の身分証なので、よく観察すれば外国人犯罪者である『戦士』は警戒したかもしれないが、彼が見ていたのは萩生の表情だった。嘘をついていれば、目の動きでわかる。

そういった訓練を彼らは受けていた。そしてそれ以上に、萩生は完璧に『職務に忠実な警察官』を演じていた。

「お疲れ様です。これ、運転免許証です」

作業員風の上着の内ポケットから『戦士』が運転免許証を出す。これが偽造なのか本物なのか、萩生には区別がつかなかった。

「ありがとうございます。確認いたしました」

笑顔で、萩生が運転免許証を返す。手からポロッと、それが落ちて、運転席の隙間に落ちた。これは、萩生がわざとやったことだ。

「あ、あ、すいません」

慌てた様子で、萩生が謝罪する。

「いえいえ、お気になさらず」

苦笑して『戦士』がシートベルトを外し、身をかがめて運転席の隙間に手を伸ばした。相手から目を離すのは工作員らしからぬ油断だった。日本に慣れすぎた弊害だ。そもそもバックアップなしで行動していることからして油断だ。

萩生は、腰の後ろから違法改造した高出力のスタンガンを取り出して、『戦士』の首に押し付けた。

バチンという放電音と、何かが焦げる悪臭がして『戦士』は昏倒（こんとう）していた。

「ここから先は、俺のやり方になる。警察では訓練を受けたこいつらの口を割らせることはできない」

安全な隠れ家（セーフハウス）から離れる『ベル』のメンバーは、生命兆候（バイタルサイン）をモニタリングする装置を装着することがある。

殺されたりした時に、仲間にそのことを知らせるためだ。使用する車両にはGPS装置が仕込んであり、この二つの装置を使って追跡するわけだ。

ワシーリが、クライアントの代理人のヒダヤットに呼び出された時、何か漠然とした『予兆』があったのかもしれない。彼と運転手役のビギエフは、生命兆候モニタリング装置を装着していた。

今回、作戦立案を担当しているタチアナは、

「暗号化通信をすればいいことなので、わざわざ呼び出しに応じることはない」

と、ワシーリに意見具申したが、彼は結局八王子に出かけることにしてしまった。作戦の大詰めなので、すり合わせる事項があったのだろう。それに、彼は日本

の通信インフラを信用していない。敵性外国からスパイされ放題の間抜け国家だからだ。

タチアナと『ベル』の狼たちは固唾を飲んで、電子地図上を移動する光点と、生命兆候のモニターを観察していた。

「パーパ、大丈夫かなぁ」

心配で泣きそうになっている最年少のナターリアが爪を噛む。彼女は不安になると、血が出るほど深く爪噛みする癖があった。

ロシアンマフィアに監禁されていた期間が約一年と、メンバー中最も長く、強い投薬治療とリハビリが必要だったのが彼女だった。その反発で凶暴性も強く、精神的には一番不安定でもあった。

「パーパはベテランだよ。きっと大丈夫」

ナターリアの肩を抱いて、日本好き仲間であるポリーナが慰める。ナターリアはラーメン、ポリーナはアニメが大好きだった。

「八王子駅に着いたね。パーパは、ロータリーを回って安全確認している」

ルフィーナが、ナターリアの頭を軽く小突きながら言う。

「痛いなぁ、なんだよぅ」

ナターリアが唇を尖らせて文句を言う。

「爪を噛むのをやめなさいって、言ったよね?」

ピシャリと言ったルフィーナにナターリアがべぇっと舌を出す。

「あれ? 八王子駅前から逃げる動きだよ! やっぱり罠だったんだ!」

拳で机を叩きながら、タチアナが舌打ち交じりに言う。

「大丈夫、きっと大丈夫。パーパが予測してなかったわけがない!」

自分に言い聞かせるように、ヴェーラが呟いた。アコースティックギターのネックを摑んでいる指の関節が白くなるほど強く握っていた。

「あ! ビギエフさんのバイタルサインが消えた!」

同じタタール人の血が流れている者同士で仲が良く、現場視察も一緒に行ったポリーナが悲痛な声をあげた。間髪入れず、車のGPSとワシーリの生命兆候も消える。五人の少女たちが悲鳴をあげた。ポリーナと最年少のナターリアはわななく手で顔を覆って子供のように泣きじゃくった。

年長のタチアナとルフィーナとヴェーラは呆然とモニターを見ていた。

「カメラのハッキング完了。現場の映像を映すぞ」

『夜の魔女』ではプライベートジェットのパーサーで、『ベル』では護衛担当のミーチャが壁の大型モニターにライブ映像を映す。

中国製の防犯カメラには中国の諜報組織によってバックドアが仕掛けてあって、

覗き放題になっている。それゆえ、アメリカでは公共施設での中国製防犯カメラの使用を禁止しているが、日本は野放しだった。対策を勧告する政治家も官僚もいない。

安全面よりも値段の安さにつられた日本のコンビニエンスストア上位三社がまとめて買ったのが、この中国製防犯カメラだ。設備担当責任の役員が買収されているという噂もあるが、あくまでも噂に過ぎない。

ワシーリは中国の諜報機関の下請けから、カメラハッキングのための機密コードを高額で買い取っていて、それが役に立った。

画質が良くない荒い画像だが、道路を挟んで反対側の電信柱にワシーリとビギエフが乗っていた『エブリイ』が前半分を食い込ませて黒煙を上げており、地面に二人の人物が倒れているのが見えた。

一人はビギエフだと狼たちにはわかった。もう一人は首なしの死体で、誰なのかはわからなかった。

埃まみれの東洋人らしい三人が、二台のルーミーに分乗するのが見え、ミーチャは念のためにそのナンバープレートを記録した。

ストンと糸の切れた人形のように、座ってしまったのはタチアナだった。

「パーパが……、パーパが……」

と、うわ言のように呟き、ぽろぽろと大粒の涙を流している。

ポリーナとナターリアは抱き合って声をあげて泣き続けている。過呼吸になっているのはギターを抱えたヴェーラだった。スタッフも皆、動きが止まったままになっている。

一番最初に衝撃から立ち直ったのは、ダークブルーの髪のルフィーナだった。涙も鼻水も拭うことを忘れて、へたり込んだタチアナの胸倉を摑んで引きずり立たせる。

「万が一の時の手順を実行するんだ」

震える声でタチアナに言う。タチアナは、未だ放心状態で「パーパ」と呟くばかりである。

「しっかりしろ！　タチアナ！　今はお前が頼りなんだぞ！」

ルフィーナが平手でタチアナの頬を叩く。それで、タチアナが我に返った。

「指令書……」

指が震えて何度もダイヤル錠の開錠に失敗しながら、常に『ベル』の作戦司令室に鎮座している小型の金庫をタチアナが開ける。リーダーであるワシーリに何かあった時に開けるように指示されていたものだ。

そこには、書類の束と手紙が入っていた。書類は、買収している役人や政治家のリストや裏の仕事を請け負う業者の一覧だった。

　狼の群れを代表して、タチアナが手紙を読み上げる。

『可愛い狼たち。そして我が同志たちよ。これが読まれているということは、私は既にこの世にはいないということだ。もっと、君たちと旅を続けたかったが残念だ。

　今後は、タチアナを群れのリーダーとして『夜の魔女』と『ベル』を運用してほしい。渉外担当には私の後任としてミーチャを充ててくれ。顔がバレる危険な任務だが、よろしく頼む。タチアナを支えて、皆で苦境を乗り越えてほしい。我々が生き残って仕事を続けることが、ロシアのクズどもに対する強烈なカウンターになる。あの世から応援している。　ワシーリ・メスチェラーク　記す』

　手も声も震えていたが、タチアナは読み切った。深呼吸を三回。動揺したらそうするようにと、ワシーリから言われていたことだ。吸って吐いてを三回くり返す。

　再びしゃべりはじめた時、タチアナの声はもう震えていなかった。

「計画はプランAのまま実施する。ディミトリ、キリル、ミラーナの三人は、パーパを嵌めたクソ野郎を解析。あとは引き続き撤収準備を継続。早稲田で暗殺実行後、中野サンプラザでコンサート。その足で、日本を離れる。プライベートジェットのフライト計画は羽田空港に出した？」

事務担当のボリスが、手配済みだと答えた。休養場所に選んだタヒチへの観光ビザも取得済みだった。

「万が一のため、予備の身分証と逃亡資金を分配する。これも、ボリスさん、お願いします」

長年ワシーリと組んでいたボリスが頷く。

「用意しておく。それとタチアナ、今は君が指揮官だ。呼び捨てでいいよ」

▽▽▽

念のため、葛飾区青戸にセーフハウスを移した『442』は、交代でシャワーを浴びた。ワシーリが仕掛けた爆弾で吹っ飛ばされたからだ。土埃と硝煙は鼻にも耳にも喉の奥にも入り込んでいて、土埃にまぶされた髪は何度洗っても砂が出た。

ようやく体をきれいにすることができたタナカが、データを抜き出す装置にワシーリのスマホを繋いだ。モニターにはファイルがいくつも吸い出されたが、それは暗号化されている。

「一旦、データを抜き出したあと、暗号解読機にかける必要がありそうだ」

タナカの次に体を洗い終えたスズキが言う。やっと聴力が戻ってきたらしい。

「さすが『ベル』の交渉人だ。ワタナベを殺られるとは思わなかった」

バスルームでササキが歌っているのが聞こえた。ブルース・スプリングスティーンの『Born in the U.S.A.』だった。

「あいつの趣味は今いちダサいよな。お爺ちゃん子だからかね？」

スズキが鼻で笑いながら言う。

「くり返し『パルプ・フィクション』観ているお前も大概だぞ」

「馬鹿野郎、最高の映画だぞ」

スズキがチャック・ベリーの『You Never Can Tell』を口ずさみながらツイストを踊る真似をする。

「お前ら、うるせぇなぁ……」

タナカが大きなため息をついて、ワシーリのスマホをジャックから外す。今度は、運転席の男のスマホを装置に繋げた。

この短くて激しい戦闘において『ベル』側に運がなかったのは、運転席の男（ビギエフ）が、東洋人の外見であるために偵察や渉外に忙殺されていたことだ。油断を誘発する日本の緩い空気もあっただろう。彼は、スマホに検索履歴を残すというミスを犯していた。

「早稲田大学ね。大隈記念講堂だと？」

時間がかかりそうなワシーリのスマホの解析を諦め、運転手のスマホから抜き取った情報を、来日する著名アメリカ人、早稲田大学で横断検索をかける。

「おい『ベル』の標的がわかったぞ」

ノートパソコンをスズキに見せる。そこには、元・アメリカ国防総省次官補のデイビッド・C・ミラーの顔写真入りのポスターが映されていた。

「政治関係に興味があるお利口さんで意識高い系の大学生の前で、世界平和のための講演をやるようだぜ。この野郎、東京大空襲を企画立案実行したカーティス・ルメイとかいうクソの親戚だろ？　民間人虐殺の立役者の身内が平和を語るとか、頭おかしいぜ」

シャワーを終えて、バスタオルで頭を拭いているササキがミラーの写真を見て吐き捨てる。

「何を怒っているんだ、ササキ？　日本人が何人死のうが関係ないだろ？」

タナカがそう答えながら『４４２』のデータベースからミラーの行動日程を入手する。現職・ＯＢ問わず、極東に来る政府関係者のスケジュールは『４４２』が押さえていた。

「ミラー氏の講演を中止させないのか？」

スズキが冷蔵庫に保管しているスプライトを勝手に飲みながら、ササキが言う。

「俺らの任務は『ベル』殺害だ。元・国防総省次官補が殺害されようが、生き残ろうが関係ない。それと、てめぇ、勝手に俺のスプライトを飲むなよなぁ」

タナカら『442』の三人は、早稲田大学に向かっていた。

元・SWATの狙撃手のササキは、大学の外周の観察に出ている。元・爆発物処理班のスズキは、タナカと一緒にたまたま開催されていた大隈記念講堂小講堂の講演会に参加していた。演目は『地域コミュニティのあり方について』で、講演者は早稲田OGの女性だった。他の大学で准教授をしているらしい。

「ベルはどこに仕掛ける？」

隣に座るスズキにタナカが小声で話しかける。

「目的によるなぁ。恐怖を植え付けるなら、学生ごと皆殺しだろ？　爆風がどう反射するか計算すれば、この広さの講堂なら一瞬で皆殺しにできる」

私語を、後ろの席の女子学生が咳払いで注意する。タナカとスズキが振り返ると、その女性は途端に真っ青になって席を立ってどこかに行ってしまった。

勘のいい人は『人殺し』を察知することができる。彼女は『勘のいい人』なのだろう。飼い慣らされた羊にたとえられる日本人には珍しい。

「早稲田大学には、日中の学術交流を目的とする『孔子学院』がある。だから中国からの優秀な留学生も多いぞ。それに、あの連中は訓練されているから、勘がいい。あの娘は中国人留学生だったのかもしれんよ」

日本滞在が長いタナカがスズキに解説する。スズキは欠伸をかみ殺して興味なさげに頷いた。

「孔子なんとかは、もういい。バックヤードを観に行こうぜ」

二人はトイレに行く風を装い廊下に出た。

「あんなつまんねぇ学問、銭になるのかよ」

くだらない講演を聞かされたスズキが文句を言う。

「日本ではなんでも銭になるんだよ。特にああいうのは、自治体に食い込むダニみたいなものだ」

タナカの穿った回答に、スズキが肩をすくめる。

二人は、スタッフ以外立ち入り禁止の看板を無視して、控え室からステージの裏を歩く。警備員などいないので、誰も彼らを咎めることはない。

「なんでもできるな。セキュリティなどあって無きが如し……だ」

鍵がかかる扉はあるが、今は開放されている。侵入しようと思えば簡単だろうと思えた。

「敵の立場になって考えよう」

スズキが提案する。

「いいね。やってみろ」

タナカの言葉を受けて、スズキが咳払いをして続けた。

「クライアントは、ボランティアをやっていた意識高い系の坊っちゃん、お嬢ちゃんを、アメリカの誤爆で殺された中東の指導者だろ？」

「言葉に棘があるが、そうだ」

「先般のシュミット事務次官補の殺害も、子弟殺害の報復だな」

歩きながら二人が思考を巡らせる。

「ここでの事案も、その復讐だよな。アメリカに恥をかかせたいという気持ちだ」

タナカが頷いて、先を促す。

「この小講堂で講演するミラーを殺害するなら、爆弾を投げ込めばいい。わざわざ高い依頼料を払って『ベル』を雇う理由はなんだ？」

「息子や娘をコラテラルダメージで失った。罪もない日本人をなるべく殺したくないという意志を感じるな」

タナカの言葉に今度はスズキが頷いた。

「得意になって講演しているミラーを殺して恥をかかせたい。真面目な早稲田の学生は殺したくない。そして、爆弾で狙った人物だけを狙うテロリストである『ベル』という存在。そこから導かれる解は？」

スズキの謎かけにタナカが答える。

「壇上でミラーを殺すつもりだ。この講演はＴＶで生中継もされるからな」

「そうだ。そしてベストのタイミングで指向性爆弾を作動させるために、手動でスイッチを押す。つまり、会場に『ベル』がいるってことだ」

スズキが不敵に笑いながら言った。彼は『ベル』の伝説など全く恐れていなかった。

「俺たちは世界で最も『ベル』の実態に迫った男になれるぞ、タナカ」

▽▽▽

六郷土手にある公安の監視所には、取調室がある。窓もなく、床にビス止めされた椅子と机があるだけの部屋だ。

萩生は、そこに捕らえた『戦士』を連れて入り、一時間出てこなかった。

監視カメラもなく、完全防音の部屋である。中で何をしているのか、真波にはわからないし、職業倫理上知ってはいけないことが行われているので、知らないのが正解だった。

ヨゴレ仕事を、萩生に押し付けている負い目はあるが、同時多発テロを防ぐために、あえて目をつぶっている。

──萩生には怒りがある。

それは、初対面の時から感じていたことだ。コラテラルダメージを嫌う言動から、その怒りの根幹が何か、真波には類推できた。

萩生は戦場で何かを見たのだ。これが消せない埋火となって燻り続けている。

やがて、萩生が『取調室』から出てきた。点々と返り血があり、怖い顔をしていた。

「奴らが受け取ったのは『ベル』が作った爆弾だった。正確な場所はわからんが、品川、渋谷、池袋、上野で設置予定らしい」

洗面台で、萩生が丹念に手を洗う。顔も石鹸をこすりつけて洗っていた。血がついた衣類は燃えるゴミの袋に突っ込む。

全裸になったので、真波は目を逸らせた。一瞬だけ見えたのは、背中と脇腹にある引き攣った裂傷の痕だった。

「人が多いところだな」

真波の感想に、シャワー室に入りながら、萩生が答える。

「こういう時は、多くの怪我人を出したい時だ。警察を飽和状態にさせて、本当にやりたかったテロの成功率を高めるわけだ」

シャワー室から聞こえる萩生の声に怒りが仄見えた。萩生が最も嫌っているテロのやり方だ。

「中東は見てきた地獄が違う。破片での負傷者なんかコラテラルダメージにもカウントしていないのだろうよ」

「不自然な点が一つあるな。なんで新宿が入ってないんだ？ 世界一の乗降者数がある駅があるんだぞ」

シャワーから出てきた萩生が、乱暴にゴシゴシと頭を拭いながら、

「本当の目標が、新宿にあるんだろ」

テロを防ぐというなら、新宿のどこかにある『ベル』の真の標的を探さなければならない。だが、真波の勘は「もう時間がない」と囁いていた。

「テロリストの『ベル』の手口は、指向性爆弾で標的を仕留めること。その際には、巻き込まれる市民は最小限だ」

予備のスーツに着替えながら、萩生は会議用のホワイトボードにマーカーで線路の絵を描いた。

線路はY字形に分岐していて、一つには一人の棒人間が描かれ『A』と書かれている。もう一つには数人の棒人間が書き加えられ『B』と書かれている。分岐の前

には、下手くそなトロッコの絵が描き加えられる。これは、有名な思考実験の図式だった。

「Aは確実に死ぬ。『ベル』は狙いを外さない。Bは死なないかもしれないし、死ぬかもしれない。さぁ、あんたはこのトロッコをどっちに動かす？」

真波は立ち上がって、その図をイレイサーで消した。

「意地の悪い聞き方はよせ。この思考実験に正解などない。そもそも、我々は『ベル』の標的を知らないからな。『戦士』を止める……の一択だ」

佐藤に連絡をとる。公安機動捜査隊の助力を仰がないと、同時多発テロは防げない。

「二手に分かれよう。俺は池袋に行く。あんたは？」

真波が萩生に問いかけられて、考える。

「渋谷かな。各地にドローンを配置しよう。網野は忙しくなるぞ」

第十一章

目黒にある公安機動捜査隊は大忙しになった。

真波からもたらされたのは都心部の同時多発テロで、多くの死傷者が予測されるものだ。捜査本部を立てる余裕もないので真波の出向元である外事第四課と公安機動捜査隊との『捜査共助』という形に落ち着いた。

捜査員二名と爆弾処理班一名体制で渋谷、池袋、上野、品川で待ち伏せする形で作戦が組み立てられた。

川崎市にある『戦士』のアジトからは多摩川を挟んだ場所・六郷土手にある監視所からドローンが追跡。次々とリレーしながらリアルタイムで各チームに映像を送信する準備が進められていた。

同時進行で、八王子を起点とした設置型『自動車ナンバー自動読取装置』の増設も進められていた。

これは『戦士』に爆弾を渡したテロリスト『ベル』の一味と思しき乗用車を追跡

するためのもので、前回は青梅から奥多摩周辺でロストしたのを受けて網を張っていた。

佐藤が中心となって警視庁交通部との『捜査共助』を進めている案件だった。

その佐藤から真波に連絡があった。

『八王子で発砲事案です。軽ワゴン車が爆発炎上。原型をとどめない死体と、首なし死体と、東洋人らしき死体と、少なくとも三人が死亡しています。一体何が起こっているんすかね？』

爆発炎上した軽ワゴンのナンバープレートが、辛うじて読み取れることから、『自動車ナンバー自動読取装置』を使ってアーカイブを辿っているらしい。

青梅から先も、設置型の同装置で更に遡ることができそうだと、佐藤は言っている。

「テロ事案と無関係ではないかもしれない。所轄と協働して身元確認も進めておいてくれ。深追いはするなよ」

これが『ベル』か『442』なら、身元などいくら叩いても出るわけがない。死体が『名無しの権兵衛』なら、テロ案件の可能性が出てくる。

いずれにせよ、萩生が尋問で聞き出した同時多発テロ予定日は明日だ。興味はあるが、謎の軽ワゴンのアーカイブを精査している時間はない。

「我々は担当エリアに移動する。隠蔽班の派遣を頼む」

取調室の『戦士』は死亡していた。萩生がやったのだ。この『戦士』は交通事故で亡くなったという偽装をすることになる。

百人以上の死傷者を出す同時多発テロを防ぐためだ。

ホワイトボードに萩生が描いたトロッコの絵を、真波は思い出していた。萩生の思考は、『一人を犠牲にして多数を助ける』というもので、そこに迷いはない。

——自分は、どうだろうか？

己のミスのせいで未だに恐怖に囚われたまま、セーフハウスから一歩も外に出られなくなった女性の顔が浮かぶ。

あのミスから、決断に迷いが生じることが多くなった。良くない傾向だ。今回も、これでいいのかと自問自答ばかりをくり返していて、微かに胃が痛む。


日付が変わる前の深夜、真波は渋谷に向かっていた。萩生は池袋に向かっている。担当エリアで、爆弾処理班員と外事第四課の刑事と落ち合うことになる。

捜査車両はワンボックスカーが用意されていて、この車内に待機する。

運転手と助手の二名は、地域の道路事情を知り尽くした所轄の交通課や地域安全課のベテラン警察官で、私服に着替えての『捜査共助』であった。

五人で一班体制である。公安機動捜査隊に司令部を置くドローン班からは、網野を中心に四名が担当エリアを決めて、追跡態勢をとる。

初動は森川が居残っている六郷土手の監視所で、バッテリーの充電や整備などで森川は徹夜仕事になる。

尋問した『戦士』は時間までは知らなかったのだが、予測はついていた。

朝の通勤ラッシュの時間。この時間帯が人が一番多い。死傷者を多く出すならこのタイミングだ。

なので、通勤ラッシュに巻き込まれないために、深夜に移動したのだ。

エンジンを入れたままのワンボックスカーが、池袋、渋谷、品川、上野に路上駐車して待機している。

市民を守るため、不屈の精神で辛い待機の時間を、屈強な男たちが耐え忍んでいた。

『「戦士」たちが一斉に出発しました』

網野から、一斉送信でメッセージが送られてくる。車内に緊張が走る。

『追尾開始。四方向に分岐しました』

電子地図に四色の光点が動いているのが見えた。どのルートを通って設置場所に移動するかわかれば、検問所を作って途中で捕捉できるのだが、通勤ラッシュ時ではそれもままならない。

確実に現れるだろう場所で、待ち伏せするのが現状ではベストだった。途中検問・設置予定箇所で待ち伏せの二重での包囲ができればよかったのだが、準備の時間も人員も足りない。

何が何でも一発勝負でカタをつけないといけなかった。でないと、大きな被害が出てしまう。真波の胃痛の理由はその危うい背水の陣ゆえだった。

いずれのポイントも、外国人が多いエリアだ。その中でも萩生が池袋担当に立候補したのは、埼玉県から流れてくる中東系の外国人が多いのが理由だった。

中東系の外国人だと『戦士』かどうかの判別が難しく、素早い判断が求められると予想していた。躊躇(ためら)わずに銃を抜ける人物が必要で、公安(スパイ)には無理だと思っている。兵士(ソルジャー)が必要だった。

「座席の後ろに防弾チョッキがあります。各自装着願います」

捜査車両を用意した池袋警察署の交通課の警察官が、公安刑事三人に言う。

狭い車内で大柄な男三人が苦労して防弾チョッキを着て、ストラップの調整をした。

防弾チョッキはアメリカの司法省の国立司法研究所(NIJ)規格でⅢAというもので、五メートルの距離から撃たれた貫通力の高い9ミリフルメタルジャケット弾を防ぐと言われているものだ。ただし重量は十キログラムと重たい。

爆弾処理班や萩生は慣れているが、外事第四課から派遣されてきた若手の刑事は、重さに驚いたようだった。

「走れるかなぁ」

などと、弱気なことを言っている。

『捜査対象者(マルタイ)接近。池袋駅東口に向かっています』

池袋担当のドローンのオペレーターから報告が入る。西口・東口どちらにも対応できるように待機していたワンボックスカーが東口に向かう。

防弾チョッキの邪魔にならないように、ヒップホルスターに替えておいた9ミリ拳銃を抜き、マガジンを外して中身を確認しスライドを引いて初弾を薬室に送り込む。

外事第四課の刑事は拳銃を携行していたが、ランヤード付きのリボルバーSAKURAで、いかにも使い慣れていない様子だった。

公安機動捜査隊から派遣されてきている爆弾処理班員は、拳銃を携行していない。

「改めて見ると、池袋は人種の坩堝(るつぼ)ですね」

数年、日本から離れていただけで、こうも変わるのかと、萩生は軽い驚きを感じていた。

「一見、日本人に見えますが、この人の流れのなかに、半分以上は中国人や韓国人が交じっていますよ」

助手席の池袋署のベテラン警察官が応える。池袋を地盤にしていたヤクザと新しく流れ込んできた中国人マフィアが抗争していた頃と比べると、隔世（かくせい）の感があった。

「中東系が近頃は多くなりましたね。埼玉にコミュニティを形成しはじめていて、マフィア化するのも時間の問題と言われています」

『戦士』に粛清されて死んだバルザーニー兄弟などは、その先駆けのようなものかと萩生は思った。日本の法を守らない者たちが身内で固まって人数が増えれば、それはもうマフィアだ。

「東口に着きました」

萩生が周辺の地形を観察する。『戦士』は爆弾テロの訓練を受け、本国で実戦も重ねている。その『戦士』の思考になって考える。これは、ここにいる他の誰にもできないことだ。

萩生が注目したのは、喫煙コーナーだった。ガラスで囲まれているのが気に入らなかった。

ここが爆風で吹き飛べば、爆弾に仕込んだ破片と一緒にガラスの破片が飛ぶ。近くに横断歩道があって、赤信号になると人が多く立ち止まる。

ここだという確信が萩生にはあった。

『捜査対象者(マルタイ)、東口に到着。車を降りて徒歩で移動中』

オペレーターから報告が入る。上野、渋谷、品川でも、各班が対策に動いている頃だろう。

「目視できました。ボストンバッグを持った男性。横断歩道に接近中」

外事第四課の若い刑事がスライドドアに手をかける。開くと同時に萩生は走り出した。

若い刑事は十キログラムの防弾チョッキの重さに慣れておらず、つんのめって転びそうになった。

刑事を避けようと横にサイドステップした爆弾処理班員が、通行人にぶつかって、怒声があがる。不運だったのが、その通行人が不良外国人だったことだ。

焦った爆弾処理班員が思わず「どけ！」と、彼を突き飛ばした。それで、つかみ合いの喧嘩(けんか)になってしまった。

「マズい！」

騒ぎの方向に『戦士』が目を向けたのが、萩生にはわかった。立ち上がった若い刑事と、厳（いか）つい外国人と喧嘩になっている爆弾処理班員の防弾チョッキにある『警視庁』の文字に気が付かないわけがない。

「馬鹿が！」

思わず、萩生の口から罵（ののし）りがもれた。これから『戦士』を捕まえるのに不用意に騒ぎを起こす日本の警察のこともそうだし、ぶつかったのが悪いとはいえ、明らかに警察関係者とわかる外見なのに、殴りかかる神経もわからなかった。不逞（ふてい）外国人はとことん警察官をナメている。

さすがに『戦士』は、戦場慣れしていた。若い刑事と爆弾処理班員を脅威と見なさず、ボストンバッグを抱えて走り出したのだ。

自分を追尾する動きがあるかどうか、Z形に視界を動かしている。

これは、緊張状態にあると視野狭窄（しやきょうさく）が起きるので、わざと視線を大きく動かして広く視界をとる『Z視界』と呼ばれる技法だ。

男の視線が萩生を捉えたのはすぐだった。

やはり、男が設置場所に選んでいたのは喫煙コーナーだと萩生が気付く。

萩生は器用に人々を避けながら走った。

青信号に変わるのを待つ人々を、『戦士』はかき分けるようにして前に進もうとしたが、人が多すぎてダメだった。

『戦士』は、懐からマカロフPMらしき拳銃を抜いて、空に向けて数発撃つ。

普通なら、パニックになって頭を低くして人々は逃げ惑う。だが、日本人や日本の平和に慣れてしまった外国人は、ポカンとして何の音かわからずきょろきょろするだけだった。

人々をどかすことを諦めて、自分の信じる神を称える言葉を叫びながら『戦士』がボストンバッグを投げる。それは喫煙所のガラスに当たって地面に落ちた。

「こなくそ！」

やっと『戦士』に追いついた萩生が9ミリ拳銃を抜く。

『戦士』は萩生に銃口を向けた。萩生はそれを上に跳ね上げた。

パンと一発マカロフPMが暴発し、空に弾丸が走る。

萩生は『戦士』の顎の下に拳銃を押し付け一発撃った。顎と口蓋（こうがい）を貫いて頭蓋骨に大きな射出孔を開けた9ミリパラベラム弾が、脳と脳漿（のうしょう）をまき散らして上空に消えた。

近くでポカンと口を開けていた中年男性が、顔と口内に脳漿と脳を浴びて、魂消（たまげ）たような悲鳴をあげる。

やっとパニックの波が信号待ちの人々に走り、信号無視をして走り出す。自動車の急ブレーキの音が、パニックに拍車をかけた。

何人かは車に跳ね飛ばされている。クラクションがけたたましく鳴った。

萩生は数人を突き飛ばしながら、喫煙コーナーに走る。

ランドセルを背負った通学途中の小学生男児が、ボストンバッグを拾っていた。

交番に届けるつもりだろう。

萩生が叫ぶ。脳内に戦地での光景がフラッシュバックした。

「捨てるんだ！　バッグから離れろ！」

――赤いキャンディの包み紙。

それが萩生の脳裏に浮かぶ。

――瓦礫（がれき）の下のキャンディを大事に持っていた子供の手は、肘から先がなかった。

萩生が、男児を突き飛ばす。ランドセルを背負っているので、後頭部が守られるのを知っていた。

爆弾を『戦士』は投げた。時限装置が間もなく発動するのを彼は知っていたのだ。だから人込みで拳銃を抜くほど焦っていた。

爆弾処理班員が不良外国人の若い男をぶちのめして、走ってくるのが見えた。外事第四課の若い刑事は足を引きずりながら、必死に走っている。だが、時間切れなのが、萩生にはわかっていた。
迷いはなかった。ボストンバッグに飛びついて覆いかぶさる。
——赤いキャンディの包み紙。
それが脳裏にもう一度浮かび、萩生の世界は白く反転した。

キャップをかぶり、ツナギの作業服を着た『ベル』の五人が早稲田に到着していた。
大隈記念講堂小講堂で十時半開場、十一時に開演の『元・アメリカ国防総省次官補のディビッド・C・ミラー氏の世界平和のための十ヶ条』という講演会は、勉強熱心な学生で満席になるようだ。
二日前に行われた早稲田OGの中年女性、竹岡あゆみの『地域コミュニティのあり方について』という何の役に立つのかさっぱりわからない講演会が数人の聴衆しかいなかったことを考えると、大盛況である。
TV局や新聞社の取材もあり、中継車が講堂の裏手に駐車していた。夕方のニュースで生放送されるらしい。

白い不織布マスクとキャップで人相を隠し、晒を巻いて体形を誤魔化した『ベル』の五人と、『夜の魔女』ではプライベートジェットのキャビンアテンダント、『ベル』では五人の護衛役であるエレノワが同行していた。

「池袋以外では、爆弾テロは失敗したようです。ですが、なぜか、池袋では死傷者がほとんどいません」

タチアナにエレノワが耳打ちした。

「陽動は成功率を高めるために過ぎない。このまま続行する」

ここまで来たら引き下がれないということもある。ミラーの頭をふっ飛ばし、中野サンプラザに逃げ込む。

まさか、テロリストがコンサートの楽屋に潜んでいるとは誰も思わないだろう。

この、一見すると荒唐無稽にも思える偽装は、ワシーリが残してくれた遺産だ。パーパが守ってくれると、タチアナは思っていた。多分、他の狼たちもそう思っている。

何度も実験をくり返して指向性爆弾はワイヤーを飛ばすタイプに決まった。

アメリカに恥をかかせるのが目的なので、吹っ飛んできたワイヤーで首がコロリと落ちるショッキングな映像を流させるつもりだった。

クライアントである、中東の精神的支柱と呼ばれる指導者たちは、日本のＴＶ局に金を流して取材に来させていた。彼らは、金さえ積んでくれれば、どんな場所でも撮影する。ポリシーなどない。

生放送すれば、それを動画に撮っていた者が『ショッキング映像』として流す。こうした不心得者も、実はクライアントの仕込みだった。

仕込みではない第三者がそれをコピーする。消しても、消しても、その動画はアップされ続け、朽ちない墓標として電子の海の中に残る。

バックヤードから演台とマイクなどの設備を持って、スタッフに紛した『ベル』の五人とエレノワが舞台の袖に入る。小さく千切ったガムテープで、舞台中央の演台を置く場所の目印をつけてあった。会場係が演台を中央に持ってゆく。

マイクはワイヤレスマイクで、配線の必要もない。機材のレンタル会社を装っている『ベル』の役目はここまでだった。

あとは、いいタイミングで起爆スイッチを押すだけだ。起爆スイッチは爆弾製造者のナターリアの役目になる。彼女らのサインである金色のベルも仕込んであった。

演台には、爆弾の他にも小型ＣＣＤカメラが仕込んであった。客席側と講演者の二ケ所が見られるようになっている。

ワシーリとビギエフを殺害した『４４２』が襲撃してくることも予想できてい

た。持ち物やスマホのデータから、大隈記念講堂小講堂が標的だと発覚している可能性がある。

　ミラーの講演が中止にならないところを見ると、『４４２』はミラーを『ベル』をおびき寄せるエサぐらいにしか考えていないことがわかった。

　それならそれで、望むところだとタチアナは思っていた。『ベル』とエレノワが工具入れとして持っているサコッシュの中には、ストックを折り畳んだ短機関銃『狐（リサー）』と拳銃の『栗鼠（ビエーウカ）』が隠してある。

　開場の時間になり、真面目そうな学生が、ぞろぞろと入場してくる。小さな声で話し、実にお行儀がいい。

　機材の搬入業者として、『ベル』とエレノワは舞台の袖で待機しており、『暗殺』と『４４２』の出方を待っている。

　講演が始まった。司会者がミラー氏を紹介し、聴衆に拍手を求めている。

　反対側の袖から、にこやかに手を振りながらミラーが現れる。

「東京上空からガソリン撒いて、焼夷弾で民間人を虐殺した奴の親戚でしょ？　こいつ。意識高い系の学生さんたちは、なんで歓迎しているの？」

　親日家のポリーナが吐き捨てるように言う。

「飼い慣らされたバカな羊は、奴隷根性が身についているんでしょ」

ダークブルーの髪をキャップで隠したルフィーナがポリーナの疑問に答えた。

「納得いかない」とポリーナは呟いた。

「大丈夫、あたしがきっちりと殺してあげる」

爆弾を作ったナターリアが食い入るように壇上を見ながら、小声でポリーナに言う。

ミラーの主張は、国際平和に貢献するために日本はもっと海外派兵をするべきであり、アメリカからもっと兵器を買うべきだなどという、現在与党となっている政党のスポークスマン気取りだった。

自分の言葉に酔うタイプらしく、第二次世界大戦でドイツを率いたちょび髭の伍長を彷彿させる熱弁だった。

「そろそろいいかな？」

ナターリアが起爆スイッチをツナギのポケットから出す。

「いつでもいいよ、ナターリア」

新しく狼の群れの『アルファ』となったタチアナが、ナターリアの背中を軽くポンと叩く。

「日本は、もっと移民を……」

ミラーが得意絶頂でそう言った瞬間、演台の縁がドンと爆発した。鋼板で方向をコントロールされた爆風は、ワイヤーを彼の頭部へと飛ばしていた。

ミラーの口に入ったワイヤーは、下顎と舌だけを残して頭の上半分を持っていった。

後方の壁にぶつかって湿った音をたて、吹っ飛んだ頭部が熟柿のように潰れた。

一瞬の沈黙のあと、女子学生の誰かが絶叫した。

まだ動いているミラーの心臓が血液を送り出していて、切断面からビュッビュッと赤い噴水を上げている。

頭部を失ったミラーは、しばらくバランスよく立っていたが、やがて棒のように倒れた。

タチアナが叫ぶ。

「逃げろ！　まだ爆弾はあるぞ！」

その声と同時に、今日はギターを持っていないヴェーラが爆竹に火をつけて客席に放り投げる。

パニックが起きていた。出入り口に聴衆が殺到して将棋倒しになり、何人かが踏み潰されている。

「よし、撤収」

タチアナが、宣言する。動画はばっちり撮れ、暗殺は成功した。あとは混乱に紛れて中野サンプラザに逃げ込むだけだった。

懸念していた『442』は登場せず、陽動の連続爆弾テロが失敗した以外は上々の出来だ。

そこに『ベル』の油断があった。

▽▽▽

パニックの聴衆に紛れての『ベル』の撤収は、『442』が予想していたことである。

自分たちがテロを起こした場合でも、この手を使う。

ベレッタM9を手に、走ってくる聴衆に立ちはだかり、空に向かって銃を発射したのは、タナカだった。

銃に対する危機感が欠如している日本人や、日本のお花畑っぷりに影響された外国人留学生は、タナカを無視して走り抜ける。

身を低くして防御行動をとる者がいれば、それは『銃に慣れている』者だ。

スズキとササキはそれを門の左右から観察していた。

何人かの反応が正しい反応だった。ベレッタM9を構えて、そいつを撃つ。『ベル』の正体を知らないので、片っ端から撃つつもりだった。

男子学生が、スズキに撃たれてもんどりうって倒れる。それにつまずいてツナギを着た小柄な作業員が一緒に倒れた。

その作業員は、踏まれないように這いずって人流の外に逃れる。別の作業員が、その作業員に肩を貸す。

ササキも走っている学生を撃った。撃ちながら、何か違うと感じていた。回避行動をとるわりには、撃たれたあとが素人丸出しだった。

タナカはゲラゲラと笑いながら、学生を撃っている。ササキはアメリカでSWAT時代、乱射事件鎮圧に出動したことがあるが、タナカはその犯人に似ていた。

――まったく、頭おかしいぜ。

吐き気を感じて、タナカから目を逸らす。

彼が視線を感じたのはその時だ。ツナギの作業着を着た細身の人物が、さっとササキから目線を外した。間違いない、殺気だ。そしてこの状態で殺気を放つのは『ベル』に違いなかった。

ササキはベレッタM9を構えながらインカムに、

「見つけた。Z7だ」

と言った。このエリアをAからZまで一メートル間隔で二十四分割に南北に線を引き、一から二十四にやはり一メートル間隔に東西に線を引いて、頭に叩き込んでいた。

　座標を一発で共有するためだ。

　三人の銃口が一斉にZ7に向けられる。作業着の人物はサコッシュから拳銃を取り出した
「ビンゴだ。俺たちは『ベル』に最も接近したぞ！」

　スズキが叫ぶ。叫びながら『作業着？』と、チラッと何かを思い出していた。

　咄嗟に横に飛ぶ。今までスズキがいた場所に、パララ……と、短機関銃の斉射が着弾していた。そういえば転倒した一人と肩を貸した二人も作業着姿ではなかったかとスズキは思い出していた。

「一人じゃないぞ！　グレーの作業着が目印だ！」

　そう、インカムに警報を発する。目視せずに、二人の作業着の人物がいた方向に全弾を乱射する。硝煙の糸を引いた空薬莢が、チリンチリンと小さな金属音を響かせて地面に落ちた。

　転んだ小柄な作業員に肩を貸した大柄な作業員が短機関銃を取り落とし、コマのように一回転して倒れる。反対側から、元・ＳＷＡＴの狙撃手だったササキが撃っ

たのだ。彼はライフルが得意だが、拳銃も精密射撃ができた。

「死ねよ！　おら！　死ね！」

喚(わめ)きながら、タナカがＺ７地点の作業着の人物に向かって撃つ。作業着の人物も、片膝をついて両手保持で応射していた。

タナカが腿(もも)に被弾してグラッと傾く。Ｚ７地点の人物は、弾が掠(かす)めてキャップが飛んでいた。キャップの中にたくし込まれていたセミロングのダークブルーの髪が風になびく。

――女か？

マスクで顔の半分が隠れていたが、それは女性の顔と髪型だった。年齢は若い。はっとするほどの美少女だった。美少年かもしれないが。

背中を蹴られたような衝撃を受けて、タナカが前につんのめる。背中を撃たれたのがわかった。

足を負傷しているので踏ん張りがきかず、うつ伏せに倒れてしまった。エンジンの響きが聞こえたので、思い切り横に転がる。

タナカのすぐ鼻先を、ワンボックスカーがビュンと通り過ぎた。

スライドドアが開いて、ダークブルーの髪の人物がそこに乗り込む。スズキとササキがそのワンボックスカーを撃っていた。

先日交戦した軽ワゴンと同じく、防弾ガラスに防弾仕様のボディだった。ガンガンと火花が散る。

聴衆が走り去った正門前には、何人かの学生の死体と、作業着の人物の死体が一つだけ残っていた。

「ああくそ！　また逃がしたか！」

額を弾が掠（かす）めたのか、右目に流れている血をスズキが袖で拭う。タナカに肩を貸したササキが正門の外に停めてあるルーミーに向かって歩いていた。

点々と血が地面に落滴している。腿を撃たれたみたいだがこの程度の出血なら、動脈は避けたようだとスズキは判断した。

ベレッタM９を構えて、倒れている作業着の人物にスズキが近づいていく。

相手はうつ伏せに倒れたまま、ピクリとも動かない。血がじわじわとその人物の下から広がっている。

スズキがその人物を足で蹴って、仰向かせる。地面のステンガンに似た短機関銃を蹴り飛ばす。

かぶっていたキャップが脱げて、はらりとくすんだ金髪がこぼれた。虚ろに空を見ている瞳は青い。マスクのゴムは千切れて、ルージュを塗った唇が見えた。

「女かよ」

年齢は四十半ばといったところと、スズキは判断した。

ポケットには何もない。肩から下げたサコッシュと転がった短機関銃を拾って、スズキはタナカとササキの後を追った。サコッシュの中には、旧日本軍が使っていた『十四年式南部拳銃』に似た拳銃と弾があった。目に入る血をもう一度拭う。

なんだかお祭りが終わってしまったかのような、寂しさがあった。

▽▽▽

地面にうつ伏せにして制圧した『戦士』に手錠(ワッパ)をかけて、真波は所轄の渋谷警察署の警察官に彼が所持していたマカロフPMと一緒に引き渡した。

公安機動捜査隊から派遣されてきた爆弾処理班は、ボストンバッグの爆弾を爆風を真上にのみ走らせる特殊な円筒の中に入れて、信管を抜いた。

「やる気が感じられない爆弾でした」

真波とは顔見知りの爆弾処理班員が、白い歯を見せる。構造は単純で『芸術品』と業界で言われている『ベル』の作品とは思えないそうだ。

爆薬の量も少なくて、半径二メートル以内でないと死者は出ないだろうという見解だった。

品川と上野からも、爆弾テロを未然に防いだという報告が入る。池袋からはまだ報告が入ってこないのが、真波には不安だった。

その時、網野から緊急通報が入った。

『真波さん！　池袋で爆発です！　重傷者一名！　緊急搬送中です！』

その一名が萩生だった。彼は市民を守るため、爆弾に覆いかぶさり、破片が飛び散るのを防いだと真波は報告を受けた。

――一人と多数、どっちを救う?

そんな萩生の言葉が、聞こえたような気がした。

『早稲田大学で爆弾テロと発砲事案です。これって……』

珍しく動揺した声で佐藤から連絡があった。

渋谷、池袋、品川、上野の陽動の爆弾テロを防げば、新宿近辺で発生すると予測していたテロが中止されるのではないか?　と、真波は淡い期待を抱いていたが、無残にも打ち砕かれてしまった。

「至急、早稲田大学に向かってください！」

渋谷警察署がパトカーを融通してくれた。運転は交通課のベテラン警察官だった。

「シートベルトを！　飛ばしますよ」

遠藤と名乗ったその交通課の巡査部長は、パトライトのスイッチを入れスピーカーのマイクを真波に委ねた。

「緊急車両通ります！　緊急車両通ります！」

真波がマイクに向かって叫ぶ。車は停車し、歩行者が横断歩道から退いた。

萩生が重傷を負った。爆弾テロと発砲で複数の死傷者が出ていると続報が警察無線に入ってくる。

『防げなかった。私はまた失敗した』

ダッシュボードに拳を打ちつけたくなるのを、やっと堪える。優秀な『S』だった女性を救えなかった時から、真波は怒りをコントロールする訓練を重ねている。

「至急、至急。　早稲田方面から暴走車。銀のハイエース！　ナンバーは……」

警視庁本部指令センターから一斉送信で警察無線が入る。

真波の直感が働いた。これが『４４２』か『ベル』だ。

「追いつけますか？」

運転席の遠藤巡査部長は、

「追いつけます」

と請け負ってくれた。

暴走車両は、『早稲田通り』に沿って高田馬場を通過していた。真波はその頃、都庁の近くを通過していた。

渋滞の車両をかき分けるようにして進む暴走車両より、通行車両を脇にどかすことができるパトカーの方が速い。

暴走車は、戸塚(とつか)公園あたりで一方通行を無視して強引に住宅街に入っていったという報告が入る。Nシステムによって、経路が次々と各パトカーに共有されてゆく。

そのまま、住宅地の路地を走っているらしい。これは、明らかにNシステムを避ける動きだ。

暴走車の経路がぱったりと途絶えたのは、落合(おちあい)中央公園周辺だった。真波は、東(ひがし)中野(なかの)駅を通過しているところだった。インターセプトするつもりだったが、アテが外れた。

消防に『車両火災』の報告があり、炎上していたのが、暴走車と思しき『銀のハイエース』だった。

不自然ほどの高熱で焼かれていた車内は、公安機動捜査隊の爆弾処理班の見解では「テルミット焼夷爆弾だろう」とのことだった。

防犯カメラの映像を集めれば、『442』もしくは『ベル』の次の交通手段がわかったのだろうが、もう手遅れだ。追いつけない。

いち早く、炎上した車両の現場に到着した真波だったが、何の証拠品も残っていないことは見ただけでわかった。

消防車のサイレンが近づいてくるのを聞きながら、真波はがっくりと肩を落としていた。

エピローグ

正体不明の暗殺者『ベル』に依頼された『戦士』による同時多発テロを未然に防ぐことができた。

ただし『ベル』による暗殺を防ぐことはできず、早稲田大学で惨劇が起きてしまった。学生を含む死者十六名。重軽傷者は多数だった。

「標的が誰なのか？」

それを早く探り出していれば、防げたかもしれない事件だった。それを真波は悔やんでいた。

時間と人員が足りなかった。もともと無理筋の話だったのだ。……というのは、言い訳に過ぎない。

神奈川県警は『戦士』のアジトA舎からC舎を急襲し、テロリストとして全員検挙した。

『戦士』が中東系のテロ組織の末端であることは、神奈川県警も知っている。だが、口を割らせるのは難しいだろう。萩生のように、非合法(イリーガル)な尋問(じんもん)でもしないと、彼らを突き崩すことなどできやしない。

同時多発テロを未然に防いだ立役者は、その萩生だ。公安(スパイ)にはない兵士(ソルジャー)の嗅覚で、多くの人々を救ったことになる。

萩生は昏睡(こんすい)状態からまだ覚醒していない。真波は萩生の私物を持って、警察病院に向かっていた。

面会は謝絶だが、特別に許可が下りて、病室に入る。

生命兆候(バイタルサイン)を計測するモニターが、陰鬱(いんうつ)な機械音を立て、自発呼吸を助ける酸素マスクがシュウシュウと萩生の胸の上下に合わせて音を立てている。

萩生は、爆弾を腹に抱えることで破片が飛び散るのを防いだ。防弾チョッキを着用していなければ、即死だっただろう。それでも肋骨が五ヶ所折れ、防ぎきれなかった破片が萩生の足をズタズタに裂(さ)いていた。

整形外科医によって再生手術が行われ、リハビリをすれば元に戻るそうだ。

萩生の私物は、衣類と中原中也(なかはらちゅうや)の詩集『在りし日の歌』だけだった。

何度もくり返し読んでいたのか、擦(す)り切れ手垢(てあか)で汚れている。

栞(しおり)が挟んであるのは、その詩集のなかの『骨』という詩だ。中原中也が我(わ)が子を亡くしたのちに書かれたまるで鎮魂歌のような詩集だが、『骨』には静かな諦念と絶望が書かれてある。

何を思って、萩生はこの『骨』を読んでいたのか。彼が抱えている孤独に、真波は胸が痛んだ。


生活用品と食料を抱えて、久しぶりに恵比寿のセーフハウスに帰ってきた。

マンションのエントランスにはコンシェルジュがカウンターの内側に待機していて、真波に黙礼を送ってくる。

彼女は銃で武装した公安警察官で、セーフハウスの護衛だった。

エレベーターで四階に上がり、四〇四号室のチャイムを鳴らす。

今にも消え入りそうな細い声で、

「真波さん？」

と聞こえた。

「そうです。生活用品を買ってきました。ドアを開けてください」

チェーンが外される音が聞こえて、真波は開錠する。

大きな音を立てないように、そうっとドアを開けた。

玄関には、白いワンピースを着た髪の長い女性、越野裕子が立っていた。

さらに痩せてしまったようで、真波は心配で仕方なかった。

「あまり、ご飯が食べられないの」

真波の懸念を察して、裕子が言い訳する。

「今日は私が食事を作りましょう。おでんの材料を買ってきたんですよ」

彼女にはカレーなどの香辛料の匂いは禁忌だ。

彼女を監禁し凌辱したのは中東系の武装ゲリラで、香辛料の匂いは彼らを思い出してしまうのだ。

「真波さんのおでんは好きよ」

彼女が脇にどく。それを待って室内に上がらないと、彼女はパニックを起こす。

こうして家の中に入れてくれるだけで、かなり回復しているのだ。

「しばらく休暇になりましたので、作り置きしておきましょうね」

真波はそう言って、台所に向かった。

裕子は食事を作らないが、きれい好きなので、部屋中を磨き上げている。台所もモデルハウスのようにピカピカだった。

ストッカーに生活用品を収め、冷蔵庫に食材を入れる。

居間に向かうと、猫の甘えた声がした。真波の愛猫ジョセフィーヌだった。

ソファの真波の膝に飛び乗ったのは、メインクーンという大型の猫種の猫だった。

ジョセフィーヌは特に大きく、尾から鼻まで百五十センチはあった。

裕子が安心して暮らせるのは、この大きな猫が守ってくれると思っているからである。

「会いたかったよ、ジョセ……」

そう呟いてジョセフィーヌを真波が抱きしめる。彼女が喉を鳴らして甘えていた。淋(さみ)しかったのだろう。メインクーンは長毛種だ。その毛皮に真波は顔を埋めた。今まで日向(ひなた)ぼっこをしていたのだろう。彼女からはお日様の匂いがした。気が付けば、ほたほたと涙が流れていた。

それを見られたくなくて、真波は慌てて顔を袖で拭う。裕子が隣に座って真波の頭をなでてくれていた。

さりさりとジョセフィーヌが指を舐めてくれていた。

ミラーを囮(おとり)に使ったことで、タナカには懲罰が下ることになった。減給処分と、危険な赴任地である中国への配置換えだった。
日本で退屈していたタナカは、日本以外ならどこでも良かったので、全く気にな

らなかった。足の怪我(けが)が治り次第、中国に向かうことになる。

タナカの後任には、そのままササキが就くことになった。もともと日本贔屓(びいき)ではあるので、ササキとしては栄転の部類に入る。

それに『ベル』の顔であるワシーリを仕留め、『ベルが複数の女性で構成されている』という情報を探り出したのも大きな功績だった。ミラーを失ってもお釣りがくるほど。

スズキは、任地のフィリピンに戻った。贔屓のバーガーショップがあり、それが恋しくて仕方なかったので喜んで帰っていった。

爆弾の専門家であるスズキが死んだのは、フィリピンに帰ってから二ヶ月後のことである。送りつけられた小包爆弾を解体しようとして、トラップに引っかかったらしい。現場の壁には、ひしゃげた金色のベルが食い込んでいた。

▽▽▽

タヒチの夕暮れのビーチに、タチアナが膝を抱えて座っていた。

中野サンプラザの「さよならコンサート」のサプライズゲストとして登場した『夜の魔女』の演奏は鎮魂歌(ちんこんか)で、中野サンプラザを惜別(せきべつ)する最高の演奏だったと伝説になっている。

　だが、その鎮魂歌は、彼女らを育ててくれたパーパと、志半ばで倒れた仲間、タタール人のビギエフと長年にわたり『ベル』の世話と護衛をしてくれていたエレノワに捧げたものだった。

　寄せては返す波が、夕日に染まって赤い。

「寒いところが嫌いなんだよ」

「ロシア生まれなのに？」

　そんなワシーリとの他愛のない会話が思い出される。そして、もう懐かしい。恋しくて仕方なかった。

『442』には一矢報いてやった。ナターリアが爆弾の知識で正面から挑んで、勝ったのだ。

　少しは溜飲が下がるかと思ったが、そうでもないことに気付き、残り二名を探し出して殺すのは中止となった。狼たちも同意してくれた。

　しばらく、タヒチで心身を休めたあと、また暗殺業を続けなければならない。

「これが、パーパが生きた証だもんね」

　タチアナは一粒だけ涙を頬に転がし、もう泣くのはやめた。


（了）

本書は書き下ろし作品です。

著者紹介
鷹樹烏介（たかぎ　あすけ）
1966年、東京都生まれ。日本大学農獣医学部卒。『ガーディアン 新宿警察署特殊事案対策課』で第５回ネット小説大賞を受賞してデビュー。『銀狐は死なず』が「第５回 書評家 細谷正充賞」を受賞。著作に『ファイアガード 新宿警察署特殊事案対策課』『警視庁特任捜査官グール』『警視庁特任捜査官グール 公安のエス』『第四トッカン 警視庁特異集団監視捜査第四班』『武装警察 第103分署』『ワイルドドッグ 路地裏の探偵』がある。

ＰＨＰ文芸文庫　ソルジャー＆スパイ
公安機動捜査隊〈特別作業班〉

2023年11月21日　第１版第１刷

著　者　鷹　樹　烏　介
発行者　永　田　貴　之
発行所　株式会社ＰＨＰ研究所
東京本部　〒135-8137 江東区豊洲5-6-52
文化事業部　☎03-3520-9620（編集）
普及部　☎03-3520-9630（販売）
京都本部　〒601-8411 京都市南区西九条北ノ内町11
PHP INTERFACE　https://www.php.co.jp/
組　版　有限会社エヴリ・シンク
印刷所　株式会社光邦
製本所　株式会社大進堂

ISBN978-4-569-90339-2